好月亮

陈碧 著

群众出版社

图书在版编目（CIP）数据

好月亮／陈碧著．—北京：群众出版社，2019.8
ISBN 978－7－5014－5997－1
Ⅰ.①好…　Ⅱ.①陈…　Ⅲ.①诗集—中国—当代　Ⅳ.①I227
中国版本图书馆 CIP 数据核字（2019）第 182369 号

好月亮　陈　碧　著

出版发行：群众出版社
地　　址：北京市丰台区方庄芳星园三区十五号楼
邮政编码：100078
经　　销：新华书店
印　　刷：天津盛辉印刷有限公司

版　　次：2019 年 9 月第 1 版
印　　次：2019 年 9 月第 1 次
印　　张：14.375
开　　本：880 毫米×1230 毫米　1/32
字　　数：268 千字

书　　号：ISBN 978－7－5014－5997－1
定　　价：48.00 元

网　　址：www.qzcbs.com
电子邮箱：843195700@qq.com

营销中心电话：010－83903254
读者服务部电话（门市）：010－83903257
警官读者俱乐部电话（网购、邮购）：010－83903253
文艺分社电话：010－83901730　　010－83903973

序 言

但愿人长久，千里共婵娟

夏昭炎[1]

陈碧的诗集《好月亮》即将付梓面世。这不仅是陈碧辛勤劳作的耀人收获，也是对社会，尤其是对诗歌爱好者期待出现诗坛新星的一点满足。

陈碧本是一个学者，一个大学教授，做学问已经有了不可忽视的成果，2009年出版的《周易象数之美》就是明证。《周易象数之美》由其武汉大学博导陈望衡教授写序，虽是一部不易解读的学术著作，却能一版再版，说明其对中国美学玄奥理论的独到阐释已经为学术界和读书界所认可。如今，陈碧却以一个诗人的面貌出现于读者之前，难免不引起人们的惊讶和疑惑。

学者的冷静和理性与诗人的激情和感性怎么能融为一体?

三百多首诗篇在2018年短短一年时间里写就，翻开厚厚的打印书稿，一首首、一行行赫然展现于眼前。显然，这是一个多产诗人，一个发了疯似的拼命写作的诗人，一个写出了

① 湖南科技大学退休教授。湖南株洲攸县人，1935年出生。从事教育四十余年。退休返乡后建立文化活动中心以服务村民，事迹被《人民日报》《光明日报》、中央电视台《新闻联播》等报道。2014年入围“感动中国”全国海选候选人。2017年获得第27届全国书博会“十大读书人物”。2018年获评“湖南最美十大乡贤”。2019年获评人民网“湖南最美新乡贤”、全国道德模范。

动人心弦诗篇的诗人。

多年前，她曾是我的一名研究生。那时，我只知道她是一个爱学习、爱读书、硕士论文写得不错且有着多方面爱好的女生，却压根儿也不知道她还是一个潜在的诗人。直到后来，在网上读到一个名叫“锦瑟凤凰”的诗人经常发表诗作，引起我的注意，一搜索，竟然是陈碧。打电话一问，果然不错。3月底，她特意从株洲到攸县来看我，送上一部胶印好的书样，诗集初稿：《好月亮》。

我匆匆地、粗粗地读了一遍诗稿，还没有完全把握其精髓，但一些感触却已浮上心来。

真的是文如其人啊!

陈碧是一个很执著的女子。正如她希望自己成为一个学者一样，也希望自己成为一个她所希望成为的人，就努力追求，一直这样始终不渝地追求。你瞧，她在《新时代》里不断地提醒自己：忙碌时 听到神的脚步/有一只黑白长尾小鸟/欢快地驻足 友好地看着我/天眼打开 神说：你要有责任和担当。或许，事情不会总是顺心遂意，但是，《只有月亮不可辜负》说：悄回首 仰望/蜻蜓恋恋/蓝天白云间/淡淡的 一弯月亮/真爱 不论圆满/还是残缺。无论怎样，她都无怨无悔。正是这份执著，这份初心，她成就了今天。

她对自由、对爱情的热切期盼是诗集里最多、也最引人注目的。爱情，在这里只是一个象征，象征事业，象征人生，象征一切，也就是说，象征她所希望的一切。在《生日快乐》里：无论近/还是远/我都能感觉到/你微笑着 看我的目光/温暖包容 宠溺万般/……/我爱的就是你的平凡/……/我是一条从容的鱼/悠游在海里自由自在。在《我是幸福的沙滩》里：卯时的风/似奔涌的潮 ……/清风拂过我的身体/我是幸福的沙滩。情感奔放，自由就在“我”的手里。这就是诗人的感觉；这种感觉，也让读者灼热地感受到了。

诵读《好月亮》，总觉得诗人生来就是一个浪漫主义者，而这与我以前对她的印象判若两人。每一首诗作似乎都是随手拈来，却又天马行空、富于联想，有巧妙构思。你读读《我的床是座小岛》是怎样写的：鸟鸣如涛/闭着眼醒来/伸一个鱼的懒腰/转身向窗/再蜷睡一会/诗句如跳鱼/在海洋中舞蹈/溅起美妙的水花/向我娓娓游来/……一会儿鸟鸣，一会儿鱼跃，一会儿蜷睡，一会儿东临碣石，心系沧海，回溯到了近两千年前的时代，让读者的心也跟着激荡。《天上人间》：躺在窗边/……/看天上灰色的云/慢慢向南飘浮/天透着亮/……/风微微 有些凉/毛毛细雨 霏霏/若有若无/一杯茶 一本书/天上人间。这就是诗人。诗人的快乐，诗人的享受，诗人的生活，充满着书香，充满着无限的向往。

诗人读书，从来都不是什么“从一而终”，从普希金到佩索尔，从徐志摩、卞之琳到顾城、洛夫，从《诗经》《周易》到《三国志》《聊斋志异》，无不涉猎。大概这就是诗人之所以成为诗人的原因吧！生活的厚实、读书的宽广、情感的飞翔、劳动的辛勤——诗人就是这样成长起来的。陈碧就是这样。《好月亮》正是靠这一切才成就的。

“诗无达诂。”汉·董仲舒《春秋繁露》这样说。没错，诗是没有定解的；只有没有定解的诗才是真正的好诗。《诗经》里有几首诗的解读能定于一尊？李白的诗又有几首诗可以一目了然？所以，以上我对陈碧诗歌的解读恐怕连她自己也不一定赞同，有的甚至可能和她的本意完全相反。但我管不了那一些，我就是我，不是连西方人也说过“一千个读者就有一千个哈姆莱特”嘛。

陈碧的诗瘾不小。她来电说：“我准备三年内写本《诗说易经》。用诗，写易经。”我说：“太好了，太美了。你就真有点发狂了！难道这就是诗人的风格吗？什么都想干。想干就干吧！”我祝福她。

2019. 7. 17

目　　录

第一辑　新时代

第二辑　只有月亮不可辜负

第三辑　月光下的女人

第四辑　白房子

第1辑 新时代

新时代

喜炮响起
我才想起　昨夜的月亮
已是去年的月亮

新年的早晨
我的心被生日的宿酒湿透
你的微笑在我心底永远停留
雾霾的天空
突然想起杨梅洲
那天我扎着个麻花长辫
像新婚照中的母亲　脸颊绯红
林中空地　你和我说起你曾经为之心动的
那些姑娘　你得意　你的风流倜傥

元日　生火　菊花　竹枝
浇一瓶二锅头　红红火火
在灼灼的竹碳上　洒些橘皮和糖
我薰了鱼　肉　香肠和猪耳
给每一盆月季　埋下鱼肠
春暖花开　朵朵将是我的模样
嘭嘭嘭　楼道里隔着门听到邻居家
在砧板剁着鸭

宾客满门　一餐的赞美　要花费几天好时光

节日　我选择做个家庭主妇
忙碌时　听到神的脚步
有一只黑白长尾小鸟
欢快地驻足　友好地看着我
天眼打开　神说：你要有责任和担当
喝着黑茶　读书思考　写着诗行
我决定从今天起
对每一个批评者　和言悦语
如春天田野吹过的微风一样

今日　我像等候冬雪的海棠
冷静地盛开自己
摘下枇杷叶　记录我的爱恨悲欢
夹入　你送我的那本《围城》
江之北　你歌唱太阳
江之南　我期待月亮
我是月亮　你是太阳“国风”“离骚”
我们诗酒逍遥　曲水流觞
不要问我爱着谁　如果要问　就问太阳和月亮

新时代
是不是来得有点晚
明两作　大人以继明照四方[①]

2018. 1. 1

① 《易经·离卦》象辞。意谓白天太阳、晚上月亮轮值照亮世界。

立 春

春晨
袅袅春幡
二十四楼上　探春
东方朝阳初升
西空白月淡淡

无限春光
不期如期
恰似你捧着我脸庞
长吻　温暖
心中　鸟语花香

拜芒神
鞭春牛
从此
渔樵耕读
天地悠悠

2018. 2. 4

小年前夜

寒　腹痛
夜幕中
一只狗不停地吠叫　噢噢噢
仿佛知道来年是它的天下
隐约传来钢琴声
除此之外便是车声
各种幻听　蛐蛐儿　耳鸣
渐行渐远
渐行渐近

时光消逝如江河不息
聆听　诉说　路过
人生狗生琴生车生
前生今世来生
生　有什么意义
浑浑中我莫名想起
一个重庆男人
网名叫过客
有只猫　呜噢呜噢

2018. 2. 7

情人节

原野 四处寻找火种
只是想 点燃一支寂寞的香烟
情人节的早晨 没有月亮也没有太阳
只有呼啸的风 卷起云 惊涛骇浪
天穹高压 窒息 无法冲破世俗的牢笼
合欢被套 被两枚小小线夹 牢牢系在绳索上
牧人啊　我是你　沉默的羔羊

春节紧挨着情人节
和田玉枣密密匝匝挤在生活日常的竹匾
草根离离　摇曳着吸引尼采的注意
诗化人生在悼念海子
阿水共享乐曲　一曲又一曲
在诗中　好孩子抱着充气娃娃
给镜中的坏孩子　做了个微笑的表情

枇杷树第十次吹倒　第十次扶起
公玄凤和公黄桃　神圣炽热地恋爱
绿金顶自己　在云梯上来回磨蹭
红姐寄的紫色风信子

西茜画的棕黄寒菊
红霞送的火红山茶花
从冬天　一直开到春天

原野　午后阳光　时隐时现
一条毛毛虫　胖嘟嘟
从容自若　晒着太阳
却被一脚　踩扁了肉身　鲜血四溅
岁月静好　在恰当的时空　遇见一个不恰当的人
涅槃　梦中　我已羽化成庄周的蝶
悄悄飞走了　你不要找寻

2018. 2. 14

大年夜

仰望
夜的脸　中国红
喜气洋洋
俯身
和敞开心扉的铁树
握手言欢
伫立
与支撑天穹的杉木
合影留念

夕　凶残的怪兽
煽动呼啸的风　肆虐人间
年娃　选块空地　点燃爆竹
七郎　放出忠犬　拉开弓弩
勇敢的人　我们除旧迎新
熬年守岁　四千年
我不敢瞌睡
怕睡时年轻　醒来
便老态龙钟

2018. 2. 15

狗 日

传说
女娲娘娘创生
一天一物
正月
初一为“鸡日”
初二为“狗日”
初三为“猪日”
初四为“羊日”
初五为“牛日”
初六为“马日”
初七为“人日”
生生不息

2018
我选择初二
狗年狗日
发短信　祝福
“旺上加旺　幸福安康”
收短信　祝福
其中一条

“狗日吉祥　狗年旺旺”
夸父逐日　是追求光明
还是自不量力
狗日　我怕多说一个字
“狗日的”

2018. 2. 18（猪日）

雨　水

今日　雨水
细雨蒙蒙
朔风烈烈
正月中
天一生水
立春　惊蛰
都不似她　来得温柔
脚步轻轻

今日　初四
七九第六天
七九河开
八九燕来
雨水三候
一候獭祭鱼
二候鸿雁来
三候草木萌动

绿梅红梅含笑
今日起　桃花将开

灼灼其华
宜其室家
给自己煮枚鹅蛋
给妈妈打个电话
乍暖还寒
切记　捂春

2018. 2. 19

探　春

年初四　雨水
下午　微雨停
一家四口
爸爸妈妈儿子和狗
校园探春

图书馆前　两棵
玉堂春　花开高空
皎洁万分
山上枯叶堆积　腊梅茶梅结香
率先开着　安静又孤单

狗儿狂奔　松针飞扬
矫健如　小小黑绵羊
喜鹊枝头
我是一只小獭
春　是肥美的鱼

2018. 2. 20

二月三十日[①]

二月三十日
我扎一个麻花辫
着一袭天空白的长裙
像你第一次见的一样

二月三十日
我跪吻你足前的土
你还是选择离开
一群乌鸦尾随你

二月三十日
我踩着脚印
生一个双眼皮女婴
她将是你致命的情人

二月三十日
没有春　猫不再叫
花骨朵是我抟的唇

① 阳历二月为什么只有二十八天或二十九天？是古罗马恺撒大帝和奥古斯都定的，二月集中处死犯人。如果我是自己的王，当然可以在异次元世界，还给二月一个三十日。

你吮吸　巨毒的蜜

二月三十日
你搜遍所有的新芽
找不到天堂的钥匙
回家的门永远对你关上

二月三十日
雷电交加　风雨如注
林中空地
我一丝不挂　独舞

二月三十日
罗马敲响钟声
看见我的男人都会死掉
秃鹰啄食他们的尸体

二月三十日
左肩永不落的太阳
右肩开天眼的月亮
我是天地人间　神秘女王

2018. 2. 27

三 月

三月　喉咙肿了
灰蓝天空
有灰白色云
夹在　一江春水向东流
人间四月天　之间
猫怀孕了
乳狗　汪个不停

雨敲醒太阳
一只小鸟
青虫刷着舌苔
有颗种子
伸个懒腰
从她嗓子眼
开出美丽的花

2018. 2. 28

元宵夜[①]

我是一座孤岛
蜷缩着　双手抱胸
双膝抵腹
海水很凉　寒潮浸骨
碎冰击打我　全身酸痛
你撑一叶木筏而来
而我双眼红肿　夜晚很黑

移风易俗　禁燃爆竹
悄悄儿赏灯　且莫说炸龙
滚滚红尘　爱终究是场空
哀乐　草鞋书记走了
中央台主播嗓音低沉
宿愿未了　浮萍果　兆复兴
一碗汤圆热气腾腾

金门　与月亮为盟

---

① 2018年2月24日，杨汝岱在北京因病逝世，享年九十二岁。3月2日，中央电视台新闻联播播发了悼念。杨汝岱担任四川省省委书记期间，执政为民，深入群众，跋山涉水，调查研究，被群众亲切地称为“草鞋书记”。

十五　她终究没有来
相思成疾　皎皎十三的月亮
她的眼直视我的眼　脉脉含情
长长的睫毛　曼妙的风
追随她的　除了我　还有十二颗星
众多隐姓埋名的云

2018. 3. 2

春　分

春分
阴阳参半
在玄鸟的鼓励下
母亲
在桃花杏花蔷薇边
海棠梨花木兰旁
种下　三百棵辣椒树
面向东方

两棵一起　三棵一盆
太阳照在她的肩膀
把满手的黑泥擦在旧棉袄
母亲
撷一朵山茶花别在发梢
金鲤沉下
天空有雁　一大　四小
衔着风筝

煮汤圆　立鸡蛋
在理想国里生活

三炷香　一对烛
母亲对父亲说　她很幸福
大女儿含饴弄孙
二儿子平实安稳
三女儿生意兴隆
四女儿渔樵耕读

她没有对他说
有次邻里吵架
那人骂她
寡妇

2018. 3. 21

雾晨

雾海茫茫
众生沉沦

蜃楼商旅的云
试图蒙蔽太阳的眼
众神看不到我的孤岛
浓雾往北
日君往南
我向西街独立
不惧

给每一树带露的花
写真　让娇艳永恒
承蒙春恩
寻常巷陌的鸟
叫声与平日没什么不同
它们不知道
昨天　猫头鹰的叫声凄厉

将每一次迷途
当作新征程的起点

2018. 3. 22

雨 夜

雨　趁夜来访
敲着玻璃窗
窸窸窣窣
我有些烦恼
想念月牙　神秘的微笑
调皮的星与云捉迷藏

雨歇了　我听到钢琴声
曲调简单　并不流畅
如我笨拙的诗行
我想　弹琴的人
一定和雨点一样
寂寞又惆怅

雨中　有花儿　过早凋零
夜中　也有花儿　迎风绽放

2018. 3. 24

申时一刻

梦与醒的边界
群猴啼叫
她眼前突现一座高山
栖满白色的鸟
就像一株羽翼丰满的树
每个枝丫都缀着银色的花

躺在宽阔的原野
葬肉身于温软的地
她疑　这山　这树
就是时间之神
睁开千眼
照见　五蕴皆空

2018. 3. 25

中 夜

天上一颗明星
地上一颗微星
相互凝望

月在中天
夜风轻轻
云河淡淡

诉说　倾听
若即若离
终生相伴

2018. 4. 2

春　夜

熟悉的钢琴声
每晚七点半
准时盛宴
十指灵巧
灵魂自由

屏息倾听
流水潺潺
我是快乐的水草
柔曼灯光下
翩翩舞蹈

琴声歇了
风声犬声人声
楼前那棵树
想必睡了
小鸟　在他梦乡

2018. 4. 13

曲水流觞

暮春　黄昏
一个人踱步兰亭
倏忽一只肥斑鸠
几乎贴河　从眼前
晃晃悠悠　飞过

错过了紫藤的繁花
爱之蔓茵茵　架下条凳长长
南端坐俩吃羊肉串女孩儿
北端靠柱一读书女孩儿
中间一对脉脉含情恋人儿

女儿节近　如此良宵
十里香　团花似锦
一只蜻蜓翅翼轻轻
他亲了她脸颊一下
纯洁的烙印　芬芳清凉

绿树伴娘　枯叶卷卷
女孩抱着女孩脖颈

悄悄儿 同学话语
鸟儿双双 法学院楼顶
夕阳西下 或鸣或翔

图书馆前 石狮妈妈
左爪按着调皮宝宝
公共教学楼里
莘莘学子 百川成洋
管理员打开含蓄廊灯

三月三 生轩辕
正是恋爱时光
浴乎 风乎 曲水流觞
作画赋诗 高歌咏曲
莲叶渐渐 遇见你的目光

2018. 4. 18（三月初三）

谷 雨

把闹钟定在4：20
在誓爱您的诺言中醒来
池塘青蛙歇了
树梢百雀争鸣
到山头
将野茶树嫩叶尖
像花一样采摘一些
无需一芽两芽
现炒现喝
且饮一杯青春的爱恋
让甘甜缱绻舌尖
然后种几棵丝瓜黄瓜辣椒秧
再随意插几枝空心菜红薯藤
最后　将自己化成百谷
谦卑的黄裳
包裹着洁白的胴体
种在你海纳百川的胸怀
等待激情的云雨
挟着雷电
乘着清风
扑面而来

2018. 4. 20

四月的留恋

蔷薇花谢了
芳华弥留
这个四月有太多
绝别和死亡
冷笑话频仍
勇敢者不慌不忙
履道坦坦

预报的中雨大雨没有来
半壁红日枕着高楼
温柔梦乡
一轮圆月孤星相伴
凉风习习
桂枝摇摇

侧耳倾听
哒哒哒
五月
骑着白马而来
夜来香将开未开

2018. 4. 30

感恩四月

子夜
我是蜷着尾
坐在海边磐石上的鱼
长发飘飘
心旌摇摇

四月之光将我挽留
波光粼粼
明月皎皎
五月之光将我召唤
揽月以鉴
我心昭昭

君若持书移步
抬头仰望
月中有我影像
目光灼灼
深情款款
风微凉
无意莫凭窗

2018. 5. 1

五四夜晚

今夜
鼾声如常
蛙声如常
云海浩渺
月亮和明星
沉浮荡漾
我在月下
又不在月下
你在梦里
又不在梦里
我和你回到青年
并肩坐在小山上
一起畅谈
爱国进步民主科学
我不需要问你
你是爱着我
还是我的诗歌
和理想

2018. 5. 4

立 夏

晨

天空心事重重
絮被堆积
最难将息

云海浩瀚
黑波滔滔
朝阳振臂翱翔

燃烧燃烧
青春之炉
白色浆汁流淌

分明是你
骑着龙马而来
恋的影　爱的光

石榴花开

立夏
我伫立湖边
无畏风雨
为你盛开
艳红盏盏
点燃翠的寂寞
不要迟疑真假
不要问佛因果
我的爱
炽烈如火

执子之手

立夏
最宜漫步湖畔
缠枝牵牛花开
娇粉淡淡
丛丛绣球新蕾
嫩绿鹅黄
蜡树华胜满髻
盛大雍容
玉兰真爱绽放
毫不忌惮

细雨滴滴
水何澹澹

东湖风光
你对我细诉
西湖春好
她曾怅惘　未能
执子之手
与子偕老

夜

噼噼啪啪
孤傲的云
化作碎雨
有意无意
想打动千叶的心
而百草有福了

窗风习习
偶尔翻动诗页
哗啦啦
又抚摸我的腿
立夏的夜啊
凉爽美好

夜渐深
有一只蛙
一直和我说话

2018. 5. 5

小 满

绣色十八洞
清晨白雾茫茫
那个黑衣苗人
赶着一群瘦白羊
一瘸一拐
寻觅青草地

晌午雾解了锁
蓝天白云
青山绿水
我问：
天上有没有神仙
你答：
有啊，在放羊

初七的月亮
是一粒小麦
灌浆饱满
而我只想和你一起
白天放牧牛羊
晚上看月亮

2018. 5. 21

六 月

五月来不及叹息
六月悄悄到了
清晨如常　又不一样
天色灰蒙
湿漉漉茉莉　含苞
金橘花开　素颜
毛桃未熟
八仙未隐
生活的晾衣绳
宿雨　点点滴滴
布谷鸟错叫
喜鹊声声　希望

去亦去
来亦来
我是一块磐石
安安静静

2018. 6. 1

六月（又一首）

月亮还是那个月亮
星星还是那些星星
天空还是那个天空
神农塔还是那个塔
我还是那个我
不同的是
今晚有些忧伤
抱着羽翼渐丰的小鸡
抚摸她　给她唱摇篮曲
一会儿抬头看月亮
一会儿低头看月光
忠实的黑犬蹲着　如影
有些焦虑　警惕地四处张望
人不能两次踏入同一条河流
月复一月　逝者如斯
东南方有红色闪电
六月明晚离开
预报说　空灵岸
阴有阵雨

2018. 6. 29

梅雨的早晨

梅雨的早晨
天气凉爽
夏天里的春天
我撑着蓝花小伞
边走边看

仰望
杨梅树受了爱的伤
毛桃树涩涩结了果
银杏手掌撑着青天
低首
草丛是蟋蟀的家
红梽木蜘蛛结网
香樟树落叶深红

迎面一个男人
戴着竹斗笠
喜鹊枝头：真好真好
好天气　好心情
爱的剧本　今日杀青

2018. 6. 4

夏至，我是一只鹿

夏至　我熟悉又
陌生的恋人
善变又多虐
想晴就晴　蓝天白云
想雨就雨　电闪雷鸣
我是一只雄鹿
和蝉　半夏　木槿一起
站在北回归线
承受她直接的爱
虎豹　猛禽
美丽的角慢慢脱落
心怀冰雪
我想飞奔　越过竹篱
南半球　正值隆冬

2018. 6. 23

大端阳

蓝蓝的天
洁白的云族
翔集空中
划龙舟　投粽子　办诗会
热热闹闹　过大端阳
没有一朵云
遮挡阳光

酷暑高温
一些鸟仍自在飞翔
坚贞坦荡
其中一对燕子
沉迷爱情
一只花蝴蝶
寻觅幸福

仰望蓝天白云
我心宁静

等待十五之夜
和你一起看月亮
蛙鸣蝉噪
星眸善睐
晚风清凉

2018. 6. 28

六月花豹，七月龙凤

六月的最后一天
我将那枚起锈
被践踏无数次的
一元硬币
从尘埃中拾起
又奉献到佛前

预报的阵雨没有来
空气很沉闷
没有一丝风
亥时窗外　有云
如一只花豹
携月亮　飞奔

将月亮吞入喉
在黑暗的高空中
金色花豹　飞奔
矫健　迅猛
只一瞬　再凭窗
豹月已无迹可寻

我守候窗前
子时的风徐徐
黑云白云缓行
忽现一凸月　明亮
时而乘凤　时而乘龙
七月来了

2018. 6. 30

七月，夜百合

七一的夜晚
阵雨后　有些潮湿
天上一颗孤星
又隐形
乌云抱着月亮
遁入玄界中
一朵白百合
面朝天空　开放
她有着月亮的颜色
月亮的芬芳

习惯了黑暗
习惯了谎言
习惯了蟋蟀的废话
老鼠的吱叫
蚊虫的叮咬
蜘蛛的编织
习惯了红尘寂寞
晚风中　白百合
皎皎开放
与挣脱乌云的月亮　合欢

2018. 7. 1

小　暑

小雨
下着下着就大了
下着下着又小了
太阳出来
又消隐灰天
细雨霏霏

蟋蟀唧唧
燕子剪剪
小暑　晨风不温
我时而坐在檐下
时而踱步园中
思绪纷纷

不是暑苦
而是人忧
食蟮断藕
菊茶诗友
鹰鸷清凉
修心正当时

2018. 7. 7

七月蓝雪

蝉鸣骄阳
我赤足楼顶
倚墙坐在
遮阳的一隅
面朝西方
天空淡蓝　白云悠悠
满世界的强光

三角梅铁线莲金露花
扶桑月季玫瑰
唯有蓝雪　我见犹怜
酷暑炎炎
青鸟不飞
天空　淡淡的忧伤
如蓝雪花一样

2018. 7. 15

大 暑

满天星辰
我从夏梦中醒来
窗外　黑色黎明

天青　风神摇着蒲扇
园中空地
我盘腿　等待太阳

一只胖黄蜂追逐
一只瘦蜻蜓
黑泰迪追逐小麻鸡

蟋蟀　叫声低调又急躁
鸟鸣　高音低音
远处有只猫头鹰

淡淡的灰云在天上游行
大暑清晨　我梦回童年
湖天星光　萤火虫眨着眼睛

2018. 7. 23

六月十五

一

后羿射死九个太阳
却让暴君荼毒
率土之滨
莫非

这不是
指鹿为马的时代

二

伏天　施水多　涝亡
高温烤　旱死
生灵　何去何从
辣椒树的干尸旁
长出马齿苋
肥大多汁油亮

三

月亮没有来

黑蝴蝶飞来了
第三次邂逅
夜的信使
你想说什么

四

木槿花如纸扎
干枯在枝头
所谓日新之德
何其可能
谁又所谓

五

月出东南隅
淡薄如
崂山道士的剪纸
握手
指尖冰凉

六

云是戏子
善变脸之术
一忽儿黑
一忽儿白
月亮
与之斡旋

七

灰月亮
白月亮
金月亮
红月亮
同一个月亮
又不是同一个月亮

八

十五的夜晚
西街
狗吠叫得很厉害
那人也叫得厉害
狗怕什么
那人说什么

九

坐在窗边
看一眼月亮
读几页书
风铃声飘来
人说今晚　火星大冲
牛虎大唆　红月亮

2018. 7. 27

七月还有一天

七月　一只银凤凰
几乎每个夜晚
都飞舞在月亮身旁
有意义　无意义
时光之水　兀自流淌
向东流　流向
日月升起的地方
生命之源　有诺亚方舟

我想附着你的耳，低语：
“今早　红木槿
阳光下　齐齐开了　四朵”

蓝天　白花花太阳
风起　树和花　言欢
装模作样握手

2018. 7. 30

七月，你好

爷爷喜欢说：你好
见面说你好
再见也说你好
微笑着　挥挥手：
你好　你好

七月　很薄
月出　很薄
宣纸　行云笔墨　渲染
月落　很薄
水印　若有若无　留痕

八月即临　蝉喧　雀噪
策划七夕的诗会

2018. 7. 31

星期六

星期六 阴
太阳 月亮都想休息
天空也想休息
支一个
高大宽敞圆顶帐篷
抹些深深浅浅灰云
态度很是敷衍

我铺张席子
躺在楼顶地上
黑色小娜躺在腿旁
一条蜈蚣 草席旁爬
燕子 蝴蝶 蜻蜓 头上飞
这夏末清晨的风
有初秋的凉

2018. 8. 4

夏雨黄昏

雷是短跑运动员
咔咔　跑来跑去
带着闪电

雨天是个老爷子
抽着旱烟　眯着眼
想起当年　那个长辫子姑娘

两只麻雀一前一后
飞到桂树梢
唱着歌　快乐地冲澡

蜻蜓有些失望
花瓣都是雨水
没有它落脚的地方

有只刚出生的小猫
喵喵地叫　找妈妈
远处蝉　吱呀吱呀

西北　蓝色海洋
正涨潮　白浪
东南　山雾茫茫

雨停又未停
还有雷声　风凉
西天红　恋恋夕阳

清新的空气中
我闻到　烟火味道
天上人间

2018. 8. 4

等 秋

天蓝蓝
星星来得很早
金星银星
是你折的千纸鹤
飞得很高
徜徉在
希望的天空

云也展翅
单飞　比翼　群舞
大伙儿陪着夏
等娥眉月
等立秋

2018. 8. 6

夏月，再见

明天　你有新的名字
你将嫁给秋天

清晨　风　花木颤栗
他们在哭
今晚九点半
梧桐树　应声落叶
你可以许愿

明天　你有新的体验
你将收割幸福

日出　金色阳光
天穹这样无瑕
没有星　也没有一丝
云纱遮盖
你是不是有些凉

明天　你有新的芬芳
你将万人注目

我要仔细将你端详
信　眉间的印记
爱　掐的指甲痕
美　微闭的眼睫
贞　占卜的白翎

我不会忘记你　夏妹
第一个　给我关爱的姑娘

2018. 8. 7

夏 天

这是今年
最后一个夏天
我想轻拉他手　挽留

云　像白海豚
蓝天中　游来游去
扰乱我视线

蝉一声又一声
“立秋　立秋”
谁能系住时间之舟

2018. 8. 7

秋 晚

秋晚的风
慷慨清凉
和夏风不一样

天海有星
有云　还有闪电
浪里行舟　渔火辉煌

蛐蛐儿声悄
丹桂树摇摇
劳动者　在路上

2018. 8. 8

七月七·晨

一

我撮着嘴
“啾啾啾　啾啾啾”
声声唤　小麻鸡循声而来
来或不来
是一种象征

二

蟋蟀喜欢独居
好勇斗狠
用翅膀发声
引诱时：唧唧吱
欢喜叫，颤音：吱

三

仰望天空
有一灰云部队
从北往南　行军

离我很近　毛毛雨飞
队伍越来越庞大　乌云

四

蟋蟀在求偶
燕雀在求偶
波涛汹涌　没有一声为我
一只小麻雀
飞跃十八楼　凌空

2018. 8. 17

处 暑

错过了月落
又错过了日出
看一眼天色
索性酣睡

一觉醒来　辰时两刻
窗外的天　大亮了
灰中带红　红中透蓝
又是金色艳阳

错过了就错过了
时光不能倒流　你我
回不到那个山头
距离比太阳和月亮　远

冷水净面
洗去脸上油光
喝一杯白水
冲刷宿夜积怨

处　暑气至此而止
远处割草机　嗞嗞轰响

2018. 8. 23

闪电的夜晚

一 闪电

今夜没有雷
西南天际泛红
闪电左闪一下
右闪一下
跳着橡皮绳　很孤单
无小伙伴陪伴

胖墩儿月亮
从东南　露出脸来
“我陪你玩”

二 蟋蟀

蟋蟀永远长不大
无序喧哗
我站在讲台
他们叽叽喳喳

说个没完
没有谁听我说话

唉　当好小初班主任
真的很难

三　晚风

谁都不在乎我
我来　云就走
树就摇头
小老鼠　吱吱贪玩
不知道黑猫警长
长得啥样

悄悄来　轻轻舞
我知道　你有点闷

2018. 8. 28

八月淡淡

月尾又逢周末
灰色星期五　多云
割草机呜呜呜
惊扰了蟋蟀的秋梦
大公鸡喔喔鸣唱

小小鸭板凳
面朝东方　背靠青墙
坐在园中空地
剥莲　一粒一粒
莲子鲜嫩　淡淡清香

时光如烟　缈缈
燕雀群翔　快乐轻盈
鸭鹅踱步　体态雍容
深呼吸　吐纳
空气湿润又清凉

八月最后一天清晨
风微　西南偏南
轻轻抚慰我
积云上蓝天　明亮
琐事外梦想　金黄

2018. 8. 31

阴天的回忆

八月末的秋天
满脸灰云晦涩
是个哲学家
陷入沉思
存在与时间

风轻拂　旧时光

同门一起牙祭
文艺学师姐　筷子拨着
油煎小刁子鱼：
来来来，我们一起吃
鱼的尸体

2018. 8. 31

八月，我弄丢了你

刮风打雷闪电
我不知道天的眼泪
为何不流下来
妈妈说：下到别处去了

八月　我做了一个梦
梦中　你给我的礼物丢了
醒来时　那物还在
我遗失的　是你

冷漠的我流下了
久违的眼泪
白色天空　有灰色的云
同情地看着我

2018. 8. 31

夜的声音

蛙虫鸣唱
如钱塘江的潮
我在水中央
飘荡的木筏上
四方　平实　可靠
以筏为心　画一圆
圆外荷叶田田　连天

风不说话
月不说话
星星不说话
天空墨绿地睡着
我是一只花豹
小娜是一只黑天鹅
我们躺着　倾听　仰望

天一点点变蓝
小小麻公鸡　喔喔喔

2018. 9. 4

晨的声音

唧唧　唧唧
一只小小鸟
起得很早
晨曦中边飞边唱
淡蓝的天空
白云如水　涨潮

虞美人醒了
黄玫瑰醒了
凌霄花金露花醒了
金云银云红云　醒了
朵朵发着光　饱满
微风中　迎接朝阳

蟀群　蛙族　竭力呐喊
"使命使命　担当担当"

2018.9.4

八月八日傍晚

大地的绿发
斜斜招摇
天空的银发
闪闪发光
少女乌黑的长发
轻轻飘柔
八月多么美好

黄昏
日用金线
月用银丝
给蓝天织锦
太阳着急回家
半月伫立
另一半
馈赠给了谁

爱的信物
有早桂的芬芳

2018. 9. 17

近中秋·晨

天的面颊
是三朝赤子
纯真红

促织碎碎念
声声豆沙
撒五把月光
杏仁桃仁
花生仁芝麻仁
瓜子仁
咬一口
馅　蛋黄太阳
酥软香脆　秋意浓

饼中夹着
鸟写给晨的
小纸条

2018. 9. 22

八月在宇

织织织　织织
梦醒　促织嘈嘈
披衣启门
一只小秋蛐儿
斜横爬过入户玄廊

楼外　晨风凉
天色青濛
一点两滴雨
轻沾在十四花额上
鸟声慵懒

左思量　右顾盼
邻家萝卜菜秧初长

2018. 9. 23

中秋·祈月

蟋蟀哥大厨
不住叮嘱
要这样　带那样
雀姐也啁啾
啰嗦中满是期望

晨风凉
桂树千手挲挲
细扣菊开了
荷叶含珠
且沏一杯秋茶

容颜清减
仰首问灰云
今夜家家团圆
您可否恩准
明月出来

2018. 9. 24

秋夜独行

秋蝉急切
促织悠闲
天蓝紫透红
没有月亮
没有风

夜空忽然有光
闪闪耀眼
是一群白鸟
如小小银鱼
水里畅游

欢快又自由
是希望　暗中飞翔

2018. 9. 25

破晓

天的颜色
是织女的心情
抑郁灰
透着蓝忧伤
那一挂挂天蚕丝
阴干　不能曝晒
晨风凉
寒蝉凄切
促织寡欢
爱不得　恨断肠

青鸟传书
七夕叮嘱犹在耳畔

2018. 9. 28

十月，你好

风有些凉
落叶沙沙响
想引起我注意

一只蟋蟀
趴在右手臂
想和我回家里

浓郁香袭
丹桂戴着华胜
一心讨我欢喜

秋晚赴约
来得比夏晚早些
灰云是她的衣

十月很多心事
我在黑暗中倾听
天穹孤星熠熠

2018. 10. 1

八月二十四

贝月是孤儿
天蓝蓝
白云沙滩
随秋风变幻
时而天鹅
时而仙鹤
时而始祖鸟
使其不孤单

纯阴之日
我坐在阴阳界
背靠东墙
脚浴阳光
喜鹊喳喳祝福
燕子剪剪飞翔
富旺木槿嫣红
灿烂月季扶桑

贝月渐渐薄
舔一舔
桂花糕清凉

2018. 10. 3

寒露前夜

促织声轻
风意寒
凉空中星星
颤颤
会不会风一吹
掉下来

扶桑花
紧紧锁着心房

2018. 10. 7

立 冬

立冬
终
万物收藏
水始冰

朔风拂晓
灰天意冷
撷三五雨菊
沏茶盏中暖盈

忍冬
随
暗掩相思
静候春华咸临

2018. 10. 7

九月初一夜

九月夜
天色
蜜柚红
泪雨滴滴

匆匆
美人迎面
风过也
茉莉香袭

蛐蛐儿
声声弱
秋草湿寒
欲爱无力

2018. 10. 9

爱在深秋

雨蒙蒙
一片落叶
随风　如小船
翔泊绿茵

俯身拾取
点点雀斑
嗅一嗅
爱在深秋

2018. 10. 10

九月初十

从梦之茧
醒来
第一眼
看窗外天空

促织声如网
记忆如潮
年年九月初十
心事飞鸿

生活恒常
一日复一日
渐近渐远
淡定从容

2018. 10. 18

霜 降

秋醉了
霜降　淡淡风
鸟雀唧唧
蟋蟀轻轻织

菊醒了
千手千眼
脉脉深情
娇羞索吻

2018. 10. 23

夜未醒

坐在夜的门槛
等待晨睁开眼睛
露珠滑落大地
嘀嗒　咚

天穹是只黑狗
鼻尖湿漉漉
毛色变灰泛红
蟋蟀声慌　秋深

大蚱蜢背着小蚱蜢
是夫妻还是母子
梨树梢尖嫩叶残败
鸟啄还是害虫

天渐亮　阳中有阴
雨后少相思　薄冷

2018. 10. 24

我不知雨为何眷恋冬

这季似乎春
雨不停
不见飞燕
千菊瑟瑟无声

我不知道雨
如何眷恋这冬
缠缠绵绵
迷离假意虚情

肆意淋漓
大地是否伤痛
静谧灰天
鸟鸣犬寐无衷

2018. 11. 17

冬晨

在雨夹雪
纷扰的梦中醒来
天色乌黑
空气清冷
打开壁灯吸顶灯
拥被靠枕坐榆木大床
温暖又光明

倒掉浑浊隔夜茶
大饮几口烫水
涤除玄鉴
捧诗边读边想
雾锁廊桥
双立人
紧紧相拥

2018. 12. 13

夜的体温

晚十点
西街东球场
篮球撞击球筐
板木徒劳反抗

鸟眼眯
犬身蜷
电视播音
男人鼾如常

夜在窗外
望着
楼内灯光
体温渐渐升高

手指不觉凉
女人和这世界一样
既是白天
又是夜晚

2018. 12. 14

冬的更年期

玫瑰皱裂枝头
黄菊离离
回想立冬雷声
相爱的心不寒而栗

舔一舔白唇
黄脸　黑斑
离冬至只有两天
风不寒面　雪不飞驰

戊戌年的冬
更年期

2018. 12. 21

乌黑的晨

冬晨是只乌贼
一肚子墨水
白房间是只蚌精
含着一颗珍珠

孤寂时空
持续不断耳鸣

2018. 12. 21

子 夜

子夜
神秘回响
是我幻觉
还是精灵歌唱

我想踱步楼上
又恐　十八月
觅食鼠
羞涩惊慌

两个睡魔
打盹我眼睫
与时偕行
且熄灯入梦乡

2018. 12. 24

夜

我想撩开
你额前金柳
直视你乌黑的眼
在你深邃的眸中
看到我

凭栏卧孤舟
在你怀中　荡漾
今夕何夕
静静的
没有渔火

2018. 12. 24

岁末

吐气雾蓝
鸟声　鼾声　铲雪声
将融未融时候　最冷
灌一个热水袋
轻轻揭开棉被一角
塞在你足下
温暖你我今生

楼顶雪静　耳冻
小麻雀跳跳停停
摘金橘　采金菊
返庐泡瓶雪花酒
来年好爵与尔靡
沏杯猴魁淡饮
祝福天下一家　人人

2018. 12. 31

第2辑 只有月亮不可辜负

我的草原在天上

五月末
闷热的夜晚
楼顶　我和狗
躺在水泥地上
地板发烫
像北方冬天的炕
炙着我疲惫的脊梁

躺着　平视天空
不必仰望
厚厚的白云
像一群藏羚羊
往东迁徙
队伍庞大　蹄步匆忙
差点把月亮撞伤

青蛙和蟋蟀
你们不要絮叨

我的草原太遥远
我的草原近在眼前
心乘月光
瞬间天上
和风月一起　牧羊

2018. 5. 25

天空的心事

我坐在蟋蟀声中
琢磨天的心事
水墨的行云　表情凝重
晨风　园中一朵南瓜花
仰着脸　看我
另一朵丝瓜花
看着天空
花瓣有些不一样

鸟儿相互唱和
我想有所思
但心中无人可想

2018. 7. 12

天空是个灰姑娘

仰卧清晨
面对一无所有
素颜的天空

蟋蟀合奏在园中
小鸟啁啾
没有风　没有云

我微笑
天空是个灰姑娘

2018. 7. 18

阳光照着我的家

地是湿的
天是晴的
从三月吹来的风
将二月天空的黑羊群
赶上了山
山上绿草如茵

天是蓝的
云是白的
从二月吹去的风
让三月的人间充满梦想
阳光照着我的家
春的心　怦然而动

2018. 2. 28

断　章

一

太阳得了流感
朦胧
如月亮一样

当我一步步走近
浓云
把它劫持走了

我并不忧伤
天气预报　阴转晴

二

黄昏时
红红的夕阳　咸蛋黄
与太阳　朝夕相处
孤独的人　不再孤独

三

傍晚　有星星
有风
但看不到月亮
抬头寻找
趔趄　我差点跌倒

四

十点　有风
有月亮
也有疏星

白云在前
白云在后
如深谙潮汐的鱼
又如迁徙的羊群
游龙　翔凤

月亮往西南
白云往东北
各行其道
有飞机从月亮上
一闪一闪　闪过
看月亮的人　何其幸福

2018. 3. 4

断章（又一首）

一

风轻拂面纱　涟漪
我无法形容
你目光凝望　似漆
我无法形容

风属于任何人
你对世界钟情

二

月白的茉莉　盛开
第二天　转变为淡紫

蜜蜂和蜻蜓　知道
金橘的小白花
蕊心鹅黄
柠檬的小白花
蕊心莲红

三

隔壁潘家有两鱼缸
水　以前清澈　现在深绿
一缸　长出三叶荷
潘说：改天　另一缸
也洒些莲子

我说：这荷叶煲饭
喝茶　瘦身极好

星烁　云剑
我黑暗中饲蚊
解读　下凸月密码

2018. 8. 3

大日如来

春晨
侧面惊见
大日如来
色似白鹅
形胜净月
光明遍照
智慧圆满

直方大
我向东方行走
突然浓雾云涌
微尘微世界
周匝围绕
大地肃穆
我心忧伤

咒曰
菩提上契
除无明黑暗
众务成办

身语心平等
度化众生
无上大威德

时光隧道漆黑
我双眼灼灼　如灯
密印　真言　妙观

2018. 3. 28

阳光坐在我对面

你走进来
把阳光也带进来
金色的阳光坐在我对面
而我　坐在阳光的对面
看着你　看着阳光
阳光和你　看着我
我心生欢喜
在这黄昏时刻
看到阳光　和你

2018. 4. 21

红太阳

太阳和月亮
躲迷藏
当我埋头躬耕
转首　红太阳初升
那一线娥眉月不见了
我似乎听到她银铃般笑声
“你来找我啊”

咸蛋黄太阳　甜甜
有些柔软
有些扁　慢慢儿上升
黑燕剪风　黄蜂戏蕊
蟋蟀儿恋歌
我耳根微热
因为朝阳的　舌吻

2018. 7. 11

朝阳还是夕阳

白云激荡
日出东方
我看着云海朝阳
遐想　这一刻

有的人　看到夕阳
有的人　还在梦乡
有的人　心空小雨
有的人　放牧牛羊

某个地方
正值隆冬黄昏
朔雪纷纷
某个人　也在仰望天空

2018. 7. 17

遇见最美的你[1]

处暑　西北风
黄昏　独上高楼
凭栏远望
天际　最美的你

你居然和我平等
恰似当年
珞珈山和我　面对面
读书　喝茶　谈心

你我在同一高度
不　你甚至　比我低了
匍匐　低入云层
爱的博大　自信和谦卑

你把风留给我
把天空　赭石红的云
黄云　黑云　白云留给我
把月亮和星　托付给我

你相信我

2018. 8. 23

① “你”指夕阳。

西　经

夕阳沉入云海
天穹湛蓝
点亮一盏盏
璀璨星灯
楼下孩子们嬉戏
蟋蟀歌欢

没有一丝风
面朝西方　我冥想
那天际的云
似如来　又似狮身人面
西天　是神圣经典
百读不厌

2018. 9. 2

日落而息

其实
没有什么比
看日落　更重要
如果太阳走了
再不回来
云朵怎么办

人世间
是是非非
岂可与日同语

2018. 9. 3

朝阳是个渔夫

朝阳
是个渔夫
英俊勤劳

成群的鱼
头朝北　摆尾
游啊游

小岛们还在睡
金色睫毛
闪闪发光

朝阳
早早出海
澎湃心潮

2018. 9. 15

日出忧伤

骤雨后秋晨
天际　山竹颜色
雨脚洗后的河塘
泥黄浑浑

早起的太阳
脸色白了又红
红了又黄
黄了又白　银晃晃

促织　声声急
我枕着诗的灰砖
躺在曦光中
白日　枕着忧云

我看到
云看我的眼睛
炯炯有神
天渐蓝　蜻蜓低巡

2018. 9. 19

太阳也怕冷

东方霭红
耀眼太阳金光
中天淡蓝
鸽子蛋半壳月亮

左望一眼　太阳
右望一眼　月亮
人如一叶如意荷
叶满茎足　秋思田田

君知乎
过中秋
太阳也怕冷
日出日落　偏南

2018. 9. 29

交泰

太阳东宫骤然裸升时
月亮正往西天走
一步一回头
目光交织
天是蓝的
云是白的

清晨到黄昏
太阳和月亮大婚
赴宴的有黑白两道神仙
成群成群　白羊
成群成群　黑牛
天庭喜气洋洋

吉时洞房
呼啦啦的风
黑压压的云
雨大滴大滴
噼噼啪啪
地动山摇

你是红色太阳
我是白色月亮
我们交泰
用光
你看我一眼
爱之屯　便萌发

2018. 5. 7

明 堂

西方　看不到月亮
东方　看不到太阳

你找错了地方
下弦月　清晨
还在取经路上
坎坷艰辛
你要坚定信仰

一栋楼　一棵树
一片云
都可能将日遮挡
黄离元吉
你要坚定信仰

日月在昨天
日月在今天
日月在明天
日月在心间
君子自安

畜牝牛
以继明照四方

2018. 8. 5

朝 月

鸟鸣　微风
昨夜絮絮白云
已被七仙织染成
一幅深灰色衬布
月亮薄薄的
是崂山道士剪纸
披褐怀玉

太阳懒起
月亮上弥漫着
与天同色的烟
好像灼伤
面色灰黄
越来越多的鸟
醒来　风中鸣唱

2018. 3. 4

月之盟

晨起　拉开薄纱
就见你　笑眼弯弯
原来　你一直在等我
践行　相守的誓言

你是这样温柔
纯洁　淡泊　美丽　又多情
我无可救药地　爱着
你善变　寡言
经常爽约　但我迷恋你的
千变　肃穆　和博爱
被你净化　爱　但不占有

昨夜我酣睡
春梦　了无痕迹
因为你的守护
天下的人　都睡得安好

2018. 3. 12

血 月

大雨如注　鱼尸三条　泛白水缸
有名无名　符号与象征
每天都有　生之亡　悼念他们
如悼念你我曾经　阴中有阳
一样叶公好龙　面目可憎

枯荷还没有发芽
你问我信佛信道还是基督
我怎么知道
佛陀死了　上帝死了
河不出图　洛不出书

梦中　雷神的大脚印
在长江边还是黄河畔
踩着踩着　不动声色就怀孕了
世界不说话　他和我亲密无间
你不说话　我和你越来越远

芳草萋萋　千帆过往
你的钥匙留给　前世和未来

今生你的我　已亡　今生我的你　已亡
九寨沟海子　那棵宠溺的树
把名字刻在脊背　无法拯救不能逍遥

一尾金鲤　熠熠发光　缓缓向我游来
波光粼粼　合二为一　我丧失了自己
新婚的你　白堤边向我借伞
我应该说："送给你，不用还"
血月当空　挥剑　划破黑暗面纱　向死而生

2018. 3. 19

月亮·花朵

天蓝蓝
梦蓝蓝
你是天上月亮
我是地上花朵

你有你的清辉
我有我的芬芳
你有星星相随
我有蜜蜂相伴

夜玄玄
梦玄玄
你是天上花朵
我是地上月亮

2018. 4. 20

今夜没有月亮

今夜　微凉
烟色的天空
没有月亮
我想
她在照看
更需要她的
人和地方
比如吉林延边
那里的春天
刚刚来到
金达莱盛开
那喜爱风雪中
冰钓的人
说他很好
于是
我缄口不言
舔舐忧伤

2018. 4. 23

晨 月

背对阳光
突然看到淡蓝天空
斜扣着半个月亮
浅浅淡淡薄薄
和丹桂树梢一起
风中 摇啊摇

阳光照不到的角落
我席地而坐
仰望 端详
好像看到 顾城
戴着一顶白色毡帽
歪着头 孩子般微笑
黑色的眼睛
寻找光明

2018. 5. 6

晨月（外一首）

晨　闭门关户的人
以为月亮在睡觉
却不知　中天靠西
有半瓜　白月亮

有人　南岳看日出
北海看月落
而我　躬耕陇亩
听鸟　捕风　语天

日月　易　不易　简易
云时而将其烘托
时而将其遮蔽
世道易　恒与简　是什么

东南西北中　弥漫灰云
我赤足　四处找寻
月亮不见了　太阳未升

蜻蜓低飞　也在找寻

雾前　我与月亮得见
与蓝天白云得见
蜻蜓和风云眼中
不能飞的我　是什么

2018. 8. 2

月亮怀孕了

月亮的肚子
一天比一天大了
喝缕微风
啖朵流云
以气养灵
十五圆满
七天生产
每天一群小星星
八天休假
又孕
如是反复
星星的爸爸
是太阳
光明之神

2018. 5. 24

蛙·月

十四的夜晚
没有月亮
蟋蟀寂寞
十五的夜晚
没有月亮
雨滴寂寞
十六的清晨
暮气沉沉
天空很失落

坐北朝南
井底蛙
觉得世界很小
自己很大
蘸水
画一轮灰月

2018. 5. 30

只有月亮不可辜负

出了凉亭
下了石林
将离别
夏日年嘉湖
悄回首
仰望
蜻蜓恋恋
蓝天白云间
淡淡的
一弯月亮
真爱　不论圆满
还是残缺

2018. 6. 8

黑月亮

我的指甲缝
黑月亮　弯弯
你临池
莲花菡萏
红指甲尖尖
请忽略枯萎的荷
我是芳华中
凋残
我的诗
是真实的谎言

2018. 6. 13

上娥眉月

蟋蟀如万家灯火
彰显存在
青蛙呱一下停一下
有些寂寞
五月初四的夜晚
上娥眉　携一孤星
斜卧西方　背北面南
仰望更远的天空
所望者何
所思者何

凉风习习
我坐在楼顶黑暗中
莫名忧伤　想
月亮被夜空
吞噬的大半个脸
是不是有些痛
万寿山上　父亲
面朝长江　目光寂寥
是不是也在看
月亮如钩

2018. 6. 17

月下美人

你看天上月亮
龙云上徜徉
那一浅弯
娥眉雪
是夏晚的清凉

你再看人生昙花
庭院中静静开放
玉壶冰心
涤除凡间尘
瞬间永恒

韦陀啊
唯有月下美人
不可辜负

2018. 6. 18

上凸月

初十
夕阳朗朗
老地方　老朋友
人声鼎沸
冷月在左
尔佳在右
凸月淡淡
往事渺渺
滴滴答答　脚步声
一条白胡须老头子黑狗
从桌旁走过

“来来来，喝酒
过去的事情不说了”
举起青春记忆
一干而尽

2018. 6. 23

等月亮

夏日的白昼这样长
丝瓜藤辣椒树西红柿
被炙烤　灼伤
萎着花叶　等待阴凉
总有一些不小心
黄蜂掉到水盆里
挣扎　惊惶
将水连同蜂
一起倒到金橘子树下
努力振翅的小生命
每一次出行
都可能再也没有返程
苍蝇蚊子蚱蜢蜗牛蚯蚓
园子里每一天都有死亡

拯救与逍遥
仁爱和感恩
属于我的时间太少
静静地　我是一株木槿
仰望天空
等待月亮

2018. 6. 24

月之秘

晚风轻拂
树的华胜和
步摇
月光迈着猫步
悄无声息
附我耳　秘语
正要细听
蟋蟀声鼎沸
“摄魄　摄魄”

我是一黑水晶
吸纳月之精
月是一白水晶
吸纳我之魂
相克相生
我和月亮
立下相属的誓盟
有一个秘密
我们缄口不言

2018. 6. 25

月夜心情

酉时仰望
凸月在云端
心情瞬间不一样

月亮下　花儿的心情
和烈日下不一样
晚风中　三角梅月季蓝雪
饱满的绽放
和扶桑木槿向日葵
敛淡的忧伤　不一样
黄桃雪梨树莓的成熟
和金橘的青涩不一样
天上的牦牛群被月牧养
和木星对月的陪伴不一样
低翔归家的燕雀
和高飞远旅的鸿鹄不一样
初升月亮的皓然
和夕阳隐遁之彩　不一样

今夜的我　和昨夜不一样
但　今夜　我的心情和你一样
和月亮　一样一样

2018. 6. 24

天 灯

子夜　风轻
月亮来窗前看我
我去楼顶看她
彼此真情

天上的星
有的雌黄
有的雄白
有的静　有的动

白云水袖
神龙塔似梦
蛙鸣是睡还是醒
蟋蟀是歌还是鼾

你看那月亮
分明是天神额前的灯
那神飞仙之前
是爱家的煤炭工人

2018. 6. 26

月之眼

风很安静
鸟雀很安静
星星很安静
蛐蛐依旧

林中空地
月光澄明
黑犬陪伴我
我陪伴月亮
明月如珠
白云似絮
天穹灰蓝如大海
今夜如此静谧

日常生活
平凡道路
伸出手
掬起月光　饮
净化身心
仰起头

直视天眼　摄
以月为瞳

问月
存在为何
盈缺为何
高瞻为何
独立为何
皎洁为何
沉默为何
植桂为何

我如何能
寻觅真理本身
微风拂起　花香
又安静

2018. 6. 27

不要挖走天的眼睛

子夜
立天地之间
向月亮
伸出右手
月亮授以圣光
慈悲　施舍

勿贪
一指戳破月球
一手遮挡月光
一爪挖出月珠
盗天之眼
何处安放

2018. 6. 28

西天月

卯时　月亮
有最美的模样
致命的吸引
我听到心
咚咚咚　鼓响

满月悬浮
道的逍遥
鸟儿不敢高声
蛐蛐也不言语
风很轻

那月中分明
太极双鱼　阴中有阳
东方日出　月薄西天
日月　一定有什么秘密
是我不能知晓

2018. 6. 29

世界之窗

“月亮粑粑
兜里坐个爹爹
爹爹出去买菜
兜里坐个奶奶”

这几天
看着白而又圆的月亮
耳边反复响起
故乡的儿歌
炭火烤熟的糯米糍粑
咬一口　焦脆松软香甜
宠爱我的爷爷奶奶
慈祥微笑在天堂

寅时四点
我被月光惊醒
一轮圆月挂在窗梢
深情对我凝望
侧卧　仰卧　斜卧
瞪大眼　回看月亮

心照不宣
清凉的风　一波又一波

我是幸福的羔羊
被月亮牧养
金不换　这一扇
世界之窗

2018. 6. 30

月亮般的爱

静夜　我想
凡尘一定有爱
像月亮一样
随时行藏

上弦月下弦月
上凸月下凸月
半月满月无月
月月风情

有光无光
有形无形
圆缺阴阳
一念如水　清凉

风起云涌
斗转星移
见或不见
爱总在那里

2018. 7. 4

毛月亮

丑时三刻
今年今月今宵
最难将息

西墙满壁月光
倚罗汉床
见东宫毛月亮
下弦月
你为何这样忧伤
我想起故乡
爷爷
模糊瘦削的脸
写满沧桑
有犬　不安吠叫

这时有浮云
似雾又似浪
月似舰艇　潜水南巡
晚风如清泉
沐我脸庞

南天那一丁星
正印我额堂
万家灯火
一朵红莲
静静绽放　有光

一道闪电
微露痕迹　轻雷
午时慎行　风急

2018. 7. 5

娥眉月在天上

凌晨四点多醒来　微汗
窗外很黑　没有光
躺着　我想
伸手到黑暗深渊
掏出月亮
高高挂在天上
起　推窗
一颗橘色的星
明亮又温和　微笑
楼下蟋蟀声　海潮
如此良辰
不如登楼仰望

登楼仰望
弯弯的月亮　仰卧天上
似皇母额间花瓣妆
高贵妩媚典雅
又似神农氏腰间银镰
锐利宝气庄严
过五点　公鸡鸣光

鸟雀开嗓
我时伫时坐时卧
看着那一弦　娥眉月
天渐渐变蓝
云渐渐透亮

2018. 7. 10

月亮微闭着眼睑

五月二十八
晨五点　晴朗　微风
一弧娥眉月在东方
群星退隐　无云

天空是妩媚的新娘
蓝皮肤　面带红晕
鸟啼犬吠蛐蛐儿歌
天色渐渐透亮

我和夜来香
此生倏忽过半
错过了月出
等待朝阳

2018. 7. 11

六月初五的月亮

新月娥眉
银色小船在天上
长庚星相伴
上半夜　天色越黑
星月　越明亮

初伏　灼灼白昼
我等待夜晚
等黄昏　西天弦月
蓦然回首
月儿向我凝望

风月静默
残缺也是圆满
额间花瓣妆
我的爱　在天上
初吻　炽热又清凉

2018. 7. 17

伏日上弦月

推开左窗　风来
星星就在那里
推开右窗　风来
月亮就在那里

六月初七　上弦月
如此单薄　明亮
美人侧面
淡淡的忧伤

人间火焰山
朵朵玫瑰焦灼
夕阳红　恋恋不舍
那一弦　白月亮

2018. 7. 19

半月为盟

席地仰卧
大地有些烫
凉风习习　月在天上
好一个夏日夜晚

天空张着翅膀
半壁月亮
如一把银梳
簪在丹桂树冠

小麻鸡已入梦乡
蛐蛐儿声悄
是谁的刀
切月一半　正好

一半月　在天上
一半月　在发梢
半月为盟
永以为好

2018. 7. 20.

子夜，西天一瓣橘

子夜零点
我立在桂树身旁
仰望西天　惊艳
上弦月　橙黄
暖暖与街灯同色
又渐渐变红
如一瓣砂糖橘
汁多　肉软　甘甜
被西天含在口中
慢慢品吮　吞咽

世间多少美好
妙不可言
人生多少初见
稍纵即逝

2018. 7. 21

子夜，有颗仁心

子夜　我蹲坐黑暗空地
小麻鸡蹲坐我腿上
永远有只蟋蟀　在身旁
歌唱生活和梦想

月亮一忽儿明眸
一忽儿云间
我一忽儿快乐
一忽儿忧伤

夏雨后　晚风微凉
初十的月亮
是一颗饱满的松子仁
新鲜　洁白　美好

妈妈开了门　忠犬跑来了
子夜不是最黑暗
明夷不是最黑暗
你看，天上有一颗仁心

2018. 7. 23

月落·门

睡梦中　时钟
手　抚摸在我胸
我醒了　灯
凌晨　两点五分
游步上楼　看月落

轻轻
开门　关门
锁没落
月亮也没落
欲望橘红　弹指可破

观月　五分钟
蟋蟀屏住呼吸
风从身后环抱我的臂
街灯是昂着头的群鱼
等着月入江　分食

二十五分　月落了
回家　门不肯关
月亮和我之间
有故事
门想知道

2018. 7. 24

子夜·月光

走过十二个夜晚
月亮开始熠熠发光
黑夜如昼
我有些惶惶
看着自己和树木的影
墨黑　月亮没有影
寂寂　老鼠蟋蟀蝉　还有
哇的一声鸦　飞过
风吹有声　草叶吵吵

烘云托月
千变万化的云
一忽儿伏地魔
一忽儿卧佛
一忽儿龙凤呈祥
一忽儿群兽入江
我走　月亮走　狡黠
我坐　月亮坐　明眸
金星银星　相由心生

月终究疏离了云
我终究告别了月
宁静的心　逍遥　自由

2018. 7. 25

一切都是假象

风是寂寞的
子夜了
他还和树说着话
声音越来越大
而她喝了酒
背过身去　不理他

月是寂寞的
新月　上弦月
上凸月　满月
她想方设法取悦他
天的视野很宽广
心比海还深

看到的圆融
看不到的残缺
一切都是假象　虚空

2018. 7. 26

月亮照着我的家

即使　所有灯
都闭上了眼睛
月亮仍明镜高悬
照着我　如金轮法王

即使所有门
都合上了心扉
月亮仍打开天窗
不离不弃　互诉衷肠

子夜　蟋蟀梵唱声轻
街市车流音远
风拂云裳
月亮和我　诗词和唱

2018. 7. 29

天 体

七月　我装聋作哑
顾自看月亮
他一会儿戴着毡帽
一会儿蓄着八字胡
一会儿醉眼惺忪
一会儿法王金轮
一会儿沉浮大海
一会儿凤舞九天
东成西就　心思全在我身上

一只狸猫问我：
你家狗
打了疫苗没有
又提要求：
看看你的　天体

2018. 7. 30

月外婆

有一种颜色
月光蓝
有一种性感
馒头白

铜钱草菊花蓝莓
无花果　青草地
子夜　何处是
蛐蛐儿幸福的家

七月走　八月来
冷月　要做外婆了
她说：喊——姥姥
他说：叫——外公

2018. 7. 31

大蒜米

子夜　东方月白
皎洁　水润　如
一瓣大蒜米　新剥

古埃及罗马希腊
地中海沿岸最早栽培
张骞西域带回
温中行气　解毒　杀虫
抗癌抗疲劳抗衰老抗过敏
保护心血管　降低胆固醇
生吃熟吃腌吃　相菜料酒
如易　百姓日用而不知

星烁　云剑
我黑暗中饲蚊
解读　下凸月密码

2018. 8. 3

小小的旗[①]

子时三刻
我翘首东方
边看边走边电话
你说："我就在楼下"
玄黑中　一粒糖红砂

恰圆切八分之一
在神农塔侧上方
尖尖三角形
像一面小旗　升起
我心欢喜

犬在远处吠
蛙在池中鸣
熟悉的蟋蟀在园田
月和我　默默相视
夏夜静美

① 农历六月二十二，23：45，月出东南方，三角旗形。

靠着墙　面东而坐
看月亮慢慢升高
一瓣橘肉　柔软甘甜
伸手可撷
啖之　又不忍

下凸月
越高越白越亮
月　我　和风
就这样　守着夜
昨天到今天

2018. 8. 4

蜜　月

夏晚的梦
醒了就忘了
睁眼前　满天星星
我的心思在天上

蜜月就这样了
东方云白　手牵手
汇成长河
由南向北流淌

也可能是天宫
并不环保
织女染布蒸煮
搞这么大个烟囱

仔细寻觅
天心　黑云潦草
一弯镰月　苍白寒光

爱　随时行藏

鼠说　文人和画家
不是氓　就是狂
仰面　躺在楼顶
神农塔　鸟声如潮

2018. 8. 6

七月初六·娥眉月

我坐在风中
月坐在云中
我和月都被黑暗囚禁

我找狗的时候
看到南天一颗金星
那是星星对月的忠诚

我知道　七夕前的夜晚
云再厚　风再大　天再黑
月亮终究会来　皎皎如新

娥眉月似弓　随时行藏
我的心为何这样痛
七月在野　候虫喧嚣　如洪

我很孤独　月很孤独
夜空很辽阔　我心很狭窄

存在就是合理　我应包容

月静静躺在天上
我静静躺在地上
月和我　微笑　自由　光明

2018. 8. 16

阳光中的月亮

居家很多琐事
比如煮饭洗衣晒被
特别是雨后阳光
不可辜负
作为一个主妇

平庸未必不好
但切记仰望天空
你看　这三伏天的下午
蓝天白云　烈日炎炎
空中　居然明月高悬

身后是太阳
面前是月亮
我戴一顶草帽
将初九的半月　端详
日月静好　幸福滋滋冒汗

2018. 8. 19

西楼月落

子夜　西楼月落
橘红　肉感　半醺模样
渐落　渐醉　渐柔软
弹指可破　玄幻

我想起七夕
新月印在你的窗
从你窗外经过
漆黑的家　没有灯光

月华夜夜如新
谁与同　吟咏　伤逝　怅惘
紫苏叶上　青蚱蜢
千秋大梦　正酣

2018. 8. 20

月十娘

一只麻雀在桂树
唧唧　唧唧
三只麻雀飞过来
阳光　月片　下午茶

蓝天上　月和云一样
白皙　柔弱　单薄
你问问潮汐
为什么被月吸引

你远离我
不露痕迹
再远
灵犀的心也近

2018. 8. 20

蓝天·云月

三伏天　秋老虎　下午四点
我戴上草帽　穿上拖鞋
“这么大太阳，你上去干吗”
我笑笑　开门　不说话

酷日炎炎　热浪阵阵
我向东南仰望　找寻
除了蓝天　就是白云
但是　那胖乎乎小脸是谁

上盈凸月　悄悄躲在云旁
真淘气　以为我找不到她
当我拍照　看到手机屏上
阳光下　大眼睛　最美的自己

我想　蓝天　白云　看到了我
风儿　月儿　也看到了我
每一朵花都仰着脸
微笑着　看着我　不说话

2018. 8. 21

窗外·上凸月

我曾东西找寻
想拨开云层
想推倒高楼
想飞天　龙腾凤翔

原来　你就在窗外

打开窗　月　你进来
白云　你飘进来
蜻蜓　你飞进来
秋风　你吹进来

来　我们一起下午茶

2018.8.21

当我离开

当我转身
你从云中出来
伸出光的手
欲将我挽留
我的影
是你涂的漆胶
写满离别的惆怅

夏去秋来
你的心事很多
花儿草儿太年轻
不懂倾听
不解风情

2018. 8. 26

天心月圆

我是小桥下的河流
躺着　静静地看你

对视的一瞬
时光静止
你不往西　我不往东
明珠皎皎　你的貌
我的颜

风为信使
云为良媒
蛙鼓瑟　虫弹笙
犬吠园田
如此良宵

东成西就
爱　是一种信仰

2018. 8. 27

旧时光

云中月
最似旧时光
经典　诸色清减
诸事怅惘

嫦娥独坐云端
对月梳妆
曳蓝绡之轻裾
人间遥望

黑云白云
返乡的仪仗
风动幡动　心旌
难忆故人模样

子夜　虫鸣如潮
一只小猫　喵喵喵
是饥饿　寂寞
还是梦魇醒了

2018. 8. 28

红月亮·白月亮

弯镰红月亮
宝石光
行藏东南楼窗
仰望观拍者云集
梦醒　虫鸣如潮

推窗　天净燕翔
抬头　一片白玉玦
镶嵌窗框上
莲步上楼
云海滟滟　朝阳

原来　我的家园
就在小岛上　人海边

2018. 8. 30

二十四瓜片

晨天淡淡
阳光明晃晃
但不灼灼
眼微眯　迎向太阳
上下左右顾盼
步履缓缓

左边嗞嗞割草
阵阵清香
右边唧唧蟋蟀
声声舒畅
草地上
小八哥觅食欢

天地人三参
薄月亮　瓜片淡淡

2018. 9. 3

白月牙

天淡淡
云淡淡
秋虫低唱

树青青
草青青
金色晨光

月牙淡淡
甲痕轻轻
掐在秋天的脸上

2018. 9. 4

蓝月亮

近中秋
虫鸣声淡
夜色植物染
人间灯红
天上穹蓝

凸月白
一枚相思扣
牢牢钉在天心上
明晃晃　泪汪汪
往事不堪思量

秋风凉　月华凉
孤夜莫仰望

2018. 9. 22

谁家女儿要出嫁

半月银梳为聘
一轮红日为媒
秋风拂晨
桂香袭人
谁家女儿要出嫁

蟋蟀等着散喜糖
“百年好合”

2018. 10. 2

月是一滴泪

九月九
天空潮湿
半月
如一滴泪珠

桂花香袭
小鸟群
银光闪闪
迴游如鱼

突然想起
清晨
采撷了菊花
忘记赠汝

涤除心思
听蟋蟀夜语

2018. 10. 17

月的笑脸

黄昏
走出回字形楼
正门口仰见
月的笑脸

爱
稍纵即逝
听着蟋蟀颤音
想着你的笑脸

2018. 10. 18

霜 月

霜降
桂花香里
蟋蟀拼命歌唱
绝望又响亮

雨滴一点一点
好像情人泪
云来云往
隐现十五月亮

冬天来临之前
最后的秋色
夜心动　面颊绯红
最是旧情难忘

2018. 10. 23

我来雨中看你[①]

温暖的灯下
心绪不宁
想起黑夜的你
风中是否孤寂

穹顶泛着红晕
天际游着白云
促织吱吱纺着相思
细雨蒙蒙叙说真意

你在雨中等我
心相悦　对无言
你泪花晶莹
我一声叹息

2018. 10. 25

① 指月亮。

那月，是我

把酒言欢的时候
你是否想起我
杯中灯影摇摇
那就是我

品茗叙旧的时候
你是否想起我
窗外丹桂飘香
那就是我

信步逸景的时候
你是否想起我
草树秋虫低吟
那就是我

意味阑珊的时候
你是否想起我
忽见明月皎皎
那就是我

当你归来的时候
神农塔畔明月　是我

2018. 10. 27

月下虫唱

今夜多少无眠
秋虫声声唱
是竞技还是缠绵
花径月光

月白柔软
是幸运明珠
银镜般吉照
还是一颗白软糖

天工贵拙
似圆非圆
恰如你我相见
又不相见

有情无情
咫尺天涯一念

2018. 10. 27

切月亮

参加追思会是工作之一
这次她站得比较靠后
悼词和答谢仪式过程中
听到琴师和鼓手抽着烟
笑着相互讲故事
“嫁了六次”
她知道他们不是在说
这九十二岁乘鹤西去的老孺人

这是个狭长的灵堂
她来过多次
今晚第一次注意到
屋顶挂着很多白灯笼
长的圆的　积满黄尘
不知休憩过多少亡灵
是不是仍在上面冷眼众生

迎面墙上广告醒目

服务电话尾数444
绕灵半周时　取下纸花
她不敢看那张沉睡的脸
与悲恸逐一握手　出门　抬头
黑色天空　切着半个
白月亮　刀光森森

2018. 12. 16

月亮戴顶黑帽子

月到子时
有些胖
戴顶黑帽子
露出半张脸
眯着眼
叼着烟
淡定渔夫
坐在堤岸
星星们闪闪天池
是他撒的饵

当我转身
看到地上
他的光
我的影　有些胖

2018. 12. 17

今夜星辰

今夜
众人皆醉
我独醒
云海澹澹
蛙鸣潺潺
月亮和星辰
同床异梦
距离遥远
良人的心
和我的心
相隔很远
很远

2018. 5. 4

女 娲

每当仰望夜空
就想起她：
“我愿是天上
最不亮的那颗星”

每当仰望夜空
只要有星
多或少　亮或不亮
我都会微笑

有星的夜空
就像自由的海港
夏风恰好
灵魂起航

逍遥游
巧手补天
将每一颗星
缀满　诗行

2018. 7. 4

我是星星，适应黑暗

从室内的光明
步入黎明前黑暗
仰望苍天
没有一颗星

风起云涌
树叶哗啦啦拍掌
我边走边寻
看到星星　这里那里

寅时逝去　卯时
满天积云
一只玄鸟边飞边唱
东方红霞　群星归隐

2018. 7. 14

仰望星空

仰卧在寅时和卯时
临界的沙滩
我望着满天星
敬畏　遐想

光年外的星
眼眸闪烁
是不是也在
仰望我　充满遐想

我无法告诉你的
爱和美
星星是不是正
耳语给梦中的你

天空慢慢变蓝
星星慢慢变淡
小鸟鸣唱
天际曙光

2018. 7. 16

星星蟹

天穹靛蓝
汝瓷般细腻
东方天际
沙滩红
城楼
沉湎梦中

月消隐　诸星淡
有颗钻石亮的星
像一只银蟹
十足迅捷
我信步
他相随

2018. 12. 18

吹过你的风吹着我

告诉你
我养了十三只鹦鹉
蓝冠锥尾一只
玄凤三只
蓝银绿银四只
黄桃绿桃五只
我还养了一只黑色泰迪
两只乌龟　一只养了十八年

窗外的云有黑白两色
阳光时藏时行
我躺在午时的风里
读诗　喝金银花　听鸟语
然后裹着彩绘丝被小睡
只露出头和脚丫　让
吹过你的风吹着我
我半梦半醒　你是谁　你在哪里

吹过我的风也吹着你
你我有一样的思想

一样的疯狂
一样的孤独
未时的我　突然惊醒
被风的呓语吓了一跳：
“活着　到你梦里
死了　到你坟里”

2018. 4. 21

刮了一夜的风

前窗是风
后院是蛙
旋风拎着菜刀
狂吼着砍来砍去
滥杀无辜
而蛙的叫声很平常
温水煮　民不畏死
昨夜我是一棵
雷电风雨中的丹桂树
酸痛浑身　寸断肝肠
泥土紧紧抱着我的腿
大地如此爱我
怕我受伤
我爱自由
但无法迈动脚步
肉身沉重
灵魂尚未长好翅膀

天亮了　风还在呼啸
鸟鸣　犬吠　生活一如既往

2018. 4. 23

夏晚的风

夏晚的风
携着雨　踩着雷
用手拂着我
这一畔
八月绿金稻田
额头闪光
微笑甜美

白鹅昂首
水鸭肥臀
小麻鸡不躲不闪
骤雨来了就走
潇潇洒洒
和阵风一样
只是　过客

2018. 8. 2

晚风情歌

夏末晚风
穿着香云纱
立在秋的窗前

她比昨夜凉
吹过河畔
河水潺潺流淌

好个十三娘啊
让稻麦渐黄
泥鳅心动

2018. 8. 5

秋夜微风

一

月在云里云外
随时　藏行
云在月前月后
随风　旅停

这是怎样一份
聚散依依的感情

二

蟋蟀的晚歌
这样轻
青蛙的远唱
那样响

我闻到茶园村
水稻的芳香

三

夜空的舞台
云在演皮影戏
月施灯光
风拉线绳

花花草草　小狗和我
沉迷剧情　老鼠吱吱傻笑

2018. 8. 26

单身情歌

子夜的风
寂寥呼吸　有些凉
隐约蟋蟀歌唱
这些大龄青年
为爱不得而忧伤

靛青的天穹
透着紫光
没有星星
也没有月亮
街灯怨　匆匆车辆

生也短暂
死也枉然
劝秋虫莫耽情欢

2018.10.1

一束秋风

你说你会回来
带一束秋风
我登楼远望
秋水涨满池塘

你说你会回来
拂一帘秋梦
我檐下繁忙
秋雨洒扫庭堂

你说你会回来
剪一树秋心
我低头思量
秋叶铺满长廊

你说你会回来
闻一园秋香
我芳心雀跃
秋桂缀满华冠

你说你会回来
听一虫秋唱
我徘徊月下
秋夜一天天凉

你说你会回来
泡一盏秋菊
我掐指细算
秋高气爽艳阳

你说你会回来
我愿能遥遥
看一眼
你鬓角的风霜

2018. 10. 25

云之恋情

申时夕食
天空湛蓝
两朵白云
面对面　手握手
微笑　亲吻　舞蹈
太阳为他们证婚

酉时日沉
一个落寞妇人
浓黑卷发如瀑
侧面洁白辉光
最美新娘
新郎爱的却是别人

2018. 5. 19

蓝天是海洋

醒得比青蛙早
睡得比蟋蟀晚
即使一天四十八小时
属于个人的时间也太少
五点　天是灰姑娘
心情惆怅
六点半　抬头仰望
蓝天白云　天色晴朗
蓝天是大海
白云是波浪
潮起潮落
涮涮涮
冲击海岸
冲走所有烦恼

2018. 6. 6

黑云是夜的死士

毒月下旬　清晨
蓝墨黑的云　死灰
是夜的士
顽抗
看不到天的脸
南风劲扫
扫不除积怨
闷热堆积
天地不交　否
昨日已逝
有暗黑魔
也有光明战队
群燕高翔
有一只蜂　出勤很早
电掣为剑
决云而雨
泰来
佑民生安康

2018. 7. 5

天际黑压压乌云

九霄外有只大乌贼
突然受了惊
呼地吐出一团墨
晕染整个天空
滚滚乌云
牦牛奔腾

嘀嗒嘀嗒　雨跑步而来
一线一线　直直地下
凭栏坐在窗前
关窗　我闻到自己的汗香
开窗　雨扑哧扑哧　清凉
雨越下越大　声声脆响

雨敲着架子鼓
南风　呜呜呜　歌唱
窗玻上密密缀满水晶
像舞会皇后的霓裳
我坐在窗前　关窗　开窗
有一只黑燕　雨中剪翔

2018. 7. 8

行云的秘密

夜雨是一场宿醉
桂树的脖子有些酸
小麻鸡开嗓
声声带着金属的伤
蛐蛐儿歌唱理想
日复一日　寻常

闪电掠过　匆匆
远雷几声　轻轻
一阵风　思绪枝叶轻摇
天空　时而一袭白云　缓缓
时而驶过黑云的舆銮
每一朵的心事　不一样

幼婴　一声娇啼
天渐渐亮了
微微星雨
阵阵鸟鸣
又是新的一天
寻常　又不一样

2018. 7. 12

天空的云狐狸白

夜晚有星星
白天有云朵
天空何其幸福

夏日天空的云
狐狸白
写满炽天使的爱

坐北朝南
面朝窗外
我何其幸福

2018. 7. 15

我在孤岛上看云

破晓时分
我坐在孤岛
面朝东方　看云
湛蓝的天空
红霞彩绘
灰云墨迹
白云璀璨
鸟鸣　蝉唱　风渐
云传神谕：
“看啊
我为你敞开一扇门
无人能关”

2018. 7. 17

傍晚·沙画

大暑后　傍晚
太阳不肯放下权杖
积云层层叠叠
月亮迟迟不可见
蝉喧如撒网
天意　捉摸不透

七点　云世界
天上有个沙画家
西边　画只红海豚
北面　火焰山
东边　沙天堂
南面　冰岛风光

东南方　云海浩渺
画一道道闪电
跳着华尔兹
蘸水　月亮淡妆忽现
一只蝙蝠　飞过
流浪的心　要回家

2018.7.24

蓝天雪国

我躺在园中空地
直面天之心灵
圆穹似蒙古帐篷
宽敞无垠
又似棉花田
洁白朵朵　恋情
更是蓝天雪国
七八只白鸟　一字排开
从南向北　飞过
不留下印痕

阳光微风
我观　我听　我知道
夏日清晨　并不只我一个人
你一直都在　观看　倾听

2018. 7. 25

天上积雪

天上
想必是严冬
漫漫积雪
从早到晚　不融化
雪越下越大
将月亮　悄悄掩埋

我欲　凿雪借光
卧读顾城诗行

树达说：
酷暑雪云　是高温预警

2018. 7. 25

火凤凰

蓝色海洋
要有光　荡漾
牵引千鲨　遏浪

黄色荒原
要有风　呼啸
鞭策万马　沙暴

破晓
一只火凤凰
俯首东方
长尾九天
羽翼南北
含朱丹
驱魔邪
涅槃

2018. 7. 26

一　线

云中
若有若无
一线　淡淡的弧
仰　是要落下
还是飞扬
茫茫中飘零
娥眉　柔美
残月　婉约
一瞬　难觅芳踪

七彩云
演绎着秋晨
东方日出
山水　蓬莱　侠客行
龙腾凤翥
天地玄黄
那一剪窗红
声声蝉鸣
多少回忆梦中

只要有一线
希望　就会永存

2018. 8. 9

云都睡了

月眼朦胧
星眼惺忪
白云黑云都睡了
徐徐微风　悄悄儿
窗外飞进来
挤到床上　休憩

蟋蟀妈妈哼着
摇篮曲
“睡吧，睡吧
一只小白鹤
梦的溪边
等你　一起玩”

2018. 8. 29

云的故事

云是故事家
一千零一夜　夜夜
新故事　不重复
你看那西天孤雁
昂首奋飞向前

我逛遍东西南北
听完所有故事
然后回家　剁椒刀豆
拌　盐　大蒜　花椒
想着　你咬一口　微笑

2018. 9. 1

屯

天蓬元帅
用九齿钉耙
扒拉着云田
将肥沃的黑土
堆到太阳上
发酵　然后
摆个 Cool　Pose
对晨跑的嫦娥说
你摸一摸
热热的　发烫

云袖半遮着脸
嫦娥说：放弃我吧
没必要浪费时间
我需要朋友
三观兴趣一致
而不是交流知识

阴　有阵雨
云　雷　屯
勿用
君子以经纶
爱的种子
总会发芽

2018. 3. 29

闪电 狂风 暴雨 惊雷

夜雨如瀑
我不开灯
站在黑暗中
紧闭所有玻璃窗
看雨世界
闪电　惊雷　啸风　暴雨
我向后退几步
又向前进几步
观望
天庭政变

对面十八楼开着灯
老爷子打着赤膊
穿着蓝布肥短裤
在做扩胸运动
闪电闪电
惊雷惊雷
雨滴啪啪啪

面对窗外
我的心渐渐宁静
决定盘腿打坐

楼内　钢琴声行云流水
雨中　有一只燕

2018. 7. 2

雷 电

炸雷的时候
酣睡的狗哼了一声
露天的车呜啊不停
雨热烈地鼓掌
哗哗哗
哗哗哗
苦海涛涛
一波又一波
闪电惊雷
僵尸的笑脸森森
寅幕黑沉
万千蝼蚁梦中
序曲上演
不是尾声
你听
隐约有
赤子轻啼
无畏不惧　初心

2018. 5. 19

今夜喜雨

闪电闪电
酩酊的人　只单形影
惊雷　大风
骤雨下起来之前
所有衣裳已收
所有窗户已关
躺在床上
窗外电闪雷鸣
雨　噼里啪啦

一切付出没有白费
一切辛苦　得偿所愿
这就是幸福

2018. 7. 11

月亮雨

原谅我错过
无数
陪伴你的夜晚
此时我独坐风中
见你云中
隐现
云一忽儿黑一忽儿白
一忽儿如凰
一忽儿如莲台
嫦娥在你庭中
心事重重
长发飘飘
她不能下凡
我不能上界
蛙鸣叶泣
细雨霏霏
正惆怅
一盏孔明灯
飞扬　飞扬
消逝在天一方
有爱
就有希望

2018. 5. 1

五月雨

灰色的天空
透着晨光
蒙蒙细雨中
芳邻在那头
我在这头
花儿朵朵傲立
“那一群麻雀不见了”
“在的吧，经常来吃谷”
才说着　眼前
燕双飞
“看，燕子”
“没筑巢在我们这”
“明年帮他们”

五月的夜晚
我们一起月亮雨
五月的早晨
我们一起深呼吸
你在湘之北
我在湘之南

2018. 5. 2

第一场秋雨

第一次　是一种象征
雷声　雨点　短暂但经典
三角梅快乐地摇摆
恩露下　喜悦玫红

三五只燕子在雨中
各种美妙舞姿
柔软矫健　是爱的精灵
小麻雀也赶来　跳跳停停

雨停了　夕阳红　蝉鸣
我坐在西方　看云

年末的大雪

我没见过世面
大雪纷飞
忍不住仰天长啸
仿佛独狼荒野

皑皑白雪
让我想起大学
围墙外　和你合影
清纯的脸　如满月

雪让世界大同
驻足端详
积雪下　每一片树叶
虽不一样　俱宝相庄严

2018 年末这一场大雪
不期而至　充满哲学

2018. 12. 30

第3辑

月光下的女人

寒钓

一点睡　六点醒
睡亦醒　我躺着　在无人的原野
百虫低鸣　又似漂浮在江湖
今夕何夕　身在何方

千头万绪
我端坐　三心六臂
一心　寒钓
一条鱼　又一条鱼
二心　织网
左一梭　右一梭
百密无一疏
三心　写诗
寻梅　踏雪
红梅盛开如赤子啼唱
白雪　靴底咯吱咯吱响

把一杯茶　暖手　窗外冬泪潸然
夜龙苏醒　哈欠　懒腰
父亲微笑　我微笑
笑声惊起　凤舞翱翔

2018.1.7

失 忆

寒夜
我蜷缩肉身如弓
以灵魂为箭
搭上思念的弦
射向你记忆的天空
有一颗星
受了伤
带着美妙弧线
点亮黑暗
又殒入黑暗

2018. 1. 16

尾 生

曲阜二三月
春风绿枝条
如此良宵
我在梁下等你
你来与不来

巫峡迢迢
云梦遥遥
河神好妒　怒浪滔滔
我在水中等你
抱柱　等你向我走来

前生前世幻影
今生今世惘然
一诺蓝桥
我是你床头那本
庄子　落满尘埃

2018. 1. 17

努力说真话

我会巧言　如簧
我有令色　生香
但是不　我的诗行
是月季傲视寒霜
丹心绽放

人民日报
努力说真话
听着就像新郎
爱的誓言
会场杯盏铿锵

七千年木乃伊
肉身素裹灵魂
永生　权力　爱情
流沙问　你在说什么
我不懂

2018. 1. 18

生日快乐

无论近
还是远
我都能感觉到
你微笑着　看我的目光
温暖包容　宠溺万般
冷月说：你看你看
你走到哪　他的目光就到哪

也有脾气个性
也有啰嗦迟憨
烟禁了又抽
酒醉了还喝
但　我爱的就是你的平凡
正如你很欢喜
家有飞禽走兽若干

我是一条从容的鱼
悠游在海里　自由自在

2018. 1. 22

致普希金

普希金　你会爱我吗
像曾经爱她一样
爱得那么温存　专一
羞涩　充满忌妒和悲伤
真诚　炽热　无望地爱着我
你对我的爱　不假思索
即使流言　即使决斗　即使死亡

普希金　你会想我吗
你会　轻轻念着一个陌生的名字
在孤独、寒冷的日子里
并且依然相信
一切都是瞬息　一切都将过去
过去　现在　未来　都会有人思念你
你活在　每一个爱你的　你爱的　心里

普希金　你会注视着我吗
这世界纷纷扰扰
人们追逐虚荣和权势
宁愿灵魂戴着枷锁

更莫说自由的意志　独立的思考
而我　在草原寂静的夜里　写你
昨天　你被永远流放　但你不必再为爱而彷徨

普希金　请你祝福我
这世上　有另一个人像你爱她一样爱我
我没有蔚蓝的眼睛　可爱的面庞
但　爱的火焰　永远不会在他眼中熄灭
玫瑰　百合　昙花　一切生命都会枯萎
诗歌的太阳落下了　神圣的天空　会升起月亮
中国人相信　继明照于四方

2018. 1. 30

缺 憾

爷爷的缺憾是什么
“爷爷，病好了，就到我们家来住”
卧床的爷爷点点头　眼里充满希望
那年年后　他永远地走了

爸爸的缺憾是什么
“我有三十万，在我满女那”
瘦削的脸上露出神秘笑容
好像太阳冲破乌云

我的缺憾是什么
天苍苍　野茫茫
我在内蒙买了顶黑色皮帽
回家挂在对窗衣帽镜的榆木钩上

我戴着男式皮帽　神气地楼上楼下
“你猜我为什么买这顶帽子”
当他问起　我不回答　神秘地微笑

笑着笑着下雪了　我的笑容凝固了

这顶帽子　我是买给我爸爸的
如果他在　今年八十四了
十五年来　子欲养而亲不待
过年了　我如何能　返乡　回家　唠嗑

2018. 2. 9

献 词

这是独角戏
生旦净末丑
一个人在演
梦想　爱情　自由　尊严
诗的潜台词

戴着面具
不是要欺骗世界
是神的梵音　你们掩耳不听
无需说明
灵魂　恕不出售

没有售卖　也有杀戮
冷漠的网　流言的剑
长城千疮百孔
用血来速写　林中空地
无怨无悔　呈献三生

2018. 2. 9

沙画·菩提树

我用沙
在路口
画一棵菩提树
向往归隐的人
看到树　面朝深山
眷恋七情的人
看到树　面朝人间

打坐片刻
我笑了
用手一拂
画面上
只有空白
不留
一粒尘埃

2018. 3. 4

半边天

你是我的天空
我的全部

我愿意
只是你的
一根肋骨
永远在你胸膛
贴着你的心脏
保护你的心
不受伤

2018. 3. 8

高山流水

白森森
一道又一道闪电
撕裂天空
咔咔咔
一声又一声惊雷
轰炸人间
呜呜呜
一阵又一阵狂风
席卷城池
嘀嗒嗒
大滴大滴的暴雨
敲醒春梦
肆虐　子夜到天明

而我是一块赤裸白石
卧在珞珈山龙脊
沐浴着电雷风雨
浩浩东湖　烟波澹澹
观潮轩潮水　一浪又一浪
哗哗哗　我听到山体快乐呻吟

夜樱胜雪
粉妆凌乱
那一瓣又一瓣　落樱缤纷
铺好青春芳华的褥单
有一处嫣红　特别深
你用漆胶　在我身上写下
瀚海碧连天

2018. 3. 16

说好了要去看你

昨夜的春　爱的方式很男人
樱花桃花茶花海棠花杨梅花
多少落英
原谅我没有守护你
说好了要去看你
雷电好妒　风雨无情
有爱　就有凋零

今晨　金缕梅科红桎木　嫩叶掐得出水
银杏枯枝悄悄复活　试图抓住天衣
南门口小学生　肩负新时代期望
小区前红山茶　相貌平平有点臃肿
樟树下禁而乱停的车　被落叶涂鸦
十字路口浑浊的积水　飘着腥味
橙马褂的环卫工　佝偻着背

在平凡世界行走
我是道的影
呼吸气的灵
传递真的言

百鸟千花万叶　看着我
闪闪发亮的眼睛
声希：去蔽　去烦　去智

来自田野的风
撩起雾的丝巾　显露山峰
爱的方式　和而不同
天下一家　你我比邻
许诺　下一个三月中旬　下一个春
无字天书　不问朝夕
如是你闻　自然打开

2018. 3. 17

最美的房间

十里桃花
曲径通幽
我来到美人鱼故乡

黑夜是月亮的情人
曾经的吻　甜蜜又清凉
二月二龙雨　将春色释放

我拥有最美的房间
芳草如甸　群山烟濛
落地窗　双重帘　遮蔽又敞显

独眠　丝棉被　陌生烟草味道
公鸡报晓　青蛙合欢
鹅叫　鸟鸣　帘底透进晨光

整夜　我不敢拉开窗帘
玻璃窗外　四龄美人鱼　双眼凝望
浑身湿漉漉　爱之魂无处安放

2018. 3. 18

高速行

靖州苗族侗族自治县
回株洲市
九百里　高速
五小时　车程
必经四段公路
包茂　沪昆　上瑞　京港澳

包茂高速
行车稀少　隧道八个
响溪　对门冲　坪村镇　水冲
铁匠界　桂花垠　火炭湾　谭木冲
沪昆高速前段　隧道四个
拱坝　月溪　林家溪　曹扰

太阳在右　太阳在左
我们在性感的舌苔上
一路向北　飞速行驶
穿越时光隧道
冲破黑暗　拥抱光明
新世界的门　豁然打开

一畦畦油菜花　谱写三月经典
她说　像梵高的向日葵
他说　油菜花的恋人是蜜蜂
耳鬓相磨　情话浓浓
我鼓掌　油菜花和蜜蜂
很有夫妻相

打个盹间　多少桃花舞过
深红浅红　惹人怜爱
如果是树　被泥土裹足
我愿意是株灼灼桃花
长在你必经的路旁
但我的爱　会不会对你是种捆绑

群山　茂林　青烟
鸡鸭　农田　房舍
翩然而过　来不及说再见
斗拱飞檐　黑瓦白墙
我不敢久望　怕勾起
渔樵耕读的梦想

2018. 3. 23

超 度

夜雨初歇
我听到园中
花儿轻声呻吟

借着电筒理性的光
掐死十数只蜗牛
趁他们大快朵颐

风说：戒杀生
我于是悔过
播诵经书　超度亡灵

2018. 3. 24

求其放心[①]

你说
我　永远十八
你二十　比我大
我的笑　挂着泪花

我们本有个惊喜
不料雅安　大漏
我后悔没有拯救萱洲
那条怀孕的鱼

今晚钢琴没有奏响
蜗牛啜着明前茶
半月冲破乌云
即使脸色有些淤青

你说
会令我开心
我说　你开心　我开心
为学之道　求其放心

2018. 3. 25

① 本诗中的“你”指儿子。

晨 读

当你老了
我触摸你淡泊的身体
指尖感觉你颤栗
而那些长短句
凸起　如卵石于足底

我像一个盲人
读着你写给我的情书
玄凤长唱如虹
百鸟应和轻灵
蝙蝠剪一下天空

我问薄月
你对我的爱
可有不同
白鹿涯间
啜饮

谁在牢笼
呼唤你的名
哀乐骤响骤停
我在器中
寻找你的灵

2018. 3. 27

沉重的肉身

我在黑暗中醒来
眼睫粘满泥淖
闭着眼
混沌地思考
找不回旧梦
测不到未来

叹声气
我酸痛地想
被我救赎的两条泥鳅
是在水中仰望
还是跳出了缸
为自由 涸亡

2018. 3. 28

十箕女人

小时候
奶奶教我民谣：
一箩穷
二箩富
三箩四箩织棉布
五箩六箩挑柴卖
七箩八箩住瓦屋
九箩十箩享清福
十筲箕　骑马上阶基
“哦哦，我有马骑”
“傻丫头，纳草鞋的命呢”

今天　田螺姑娘对我说
你的手指　胖了

2018. 3. 28

触摸你

左手触摸诗行
洁白的胴体
手背喑哑
青筋暴起
千蛭嗜血
游向你

肚子咕噜咕噜
重复你的话
孤独孤独
一个小女孩
将爱串在竹签
阳光下翻晒

2018. 3. 28

愿今天美好

舒展羽翼
伸个狗的懒腰
窗外雾　鲜奶满池
那就掬来
洗个猫脸
鲤鱼跃起　巡视我的国
用乾坤杯
牛饮三口　阴阳水

倾听早起的鸟儿
婉转歌唱
右手为毫
探进脑海　潮水正涨
蘸一大笔
左手为笺
浓墨重彩
今朝

2018. 3. 30

V 字路口

坐在麻石上　与石融为一体
背对石林　山　面向 V 字路口
头顶栗树娇嫩小手　风中招摇
树荫外　阳光正好
少女穿上薄薄连衣裙
少年白色短袖 T 恤衫
猫头鹰的叫声有点疲惫像蝉
褐色枯叶一片一片落下
不落在我身上
飞来飞去的鸟
左右前后轻歌
不落在我肩上
枯叶里　小小蕨草发了芽
图书馆前的榆树
长在两棵玉兰之间
英俊挺拔

四月的芬芳沁人心脾
我独自一人　等待你的消息

2018. 4. 1

吸烟那个事

吸着烟
酱紫的烟尾
含在唇　温软
吞云吐雾
袅娜柔曼　如你
性感的胴体
渺渺消散
不可捉摸
满屋爱的味道
迷醉在过往
窒息
门上挂个牌
请勿打扰
为何有敲门声
服务生进来：
先生，本店
客房禁烟

2018. 4. 6

苟　且

乾州半亩方塘
门额挂着匾
树梢飘着幡
左墙一块木牌
“生活不只是
眼前的苟且
还有
诗和远方”

伫立思量
诗在生活
美在当下
何须得陇望蜀
遥望远方

匆匆走过
后背发凉
“苟且”这只鬣狗
流着哈喇子
两眼发出贪婪的光
尾随我
一生

2018. 4. 6

青铜骑士

清明前一两天
寒食
清明后一两天
纪念日
二十二年前的红衣少年
如今大腹便便
一见钟情的那个满月
时光之水煮成冬瓜片

戴一戴白铜花戒
不写散文也不写诗
在铜钱草泥中
种下六枝莲藕
竹叶青里
加一朵玫瑰
庭院芳草
闷倒驴　骑士烂醉如泥

2018.4.9

红与黑

我抓起三支红笔
同时抓起一支红火机
弓身
面对闪电躺着

红笔用于阅读
圈住诗人黑色的灵魂
火机用于烽烟
让白鹿原的草燃烧

但谷雨突如其来
晚风中散步的人
狂奔
并嚎叫

我的思维混乱
灵感之火湿漉漉
沼泽一样　黏稠
试一下　点燃沼气

一切意义无意义
瞬间红色火海
化成千万只黑蛙
有目的无目的鸣叫

朝闻道　夕死可矣
像我等平庸寡德者
将在红与黑中长生不老
或　行尸走肉

长胡子的女人

女人到了中年
乏味的时候
有一种消遣方式
用食指和拇指甲
摸索捻扯唇边的胡子
感觉痛　再拿到眼前审视
有时一根有时两根
像仙人掌的刺
微小　毫不起眼
却是青春之殇
十八年前
他目光飘移：
“老人们说　千万不要找
长胡子的女人”

2018. 4. 29

圣 路

晨曦
初夏之圣路
如一条怀春的河
道左道右　绿樟葱茏
我是一匹哒哒的小马
清瘦而美
不时甩甩黑鬃
左顾右盼　上看下看
自在休闲

多云
黑鳄挤满天池
白日珠圆
挣出泥沼
光芒万丈
喜鹊喳喳
世界如此美好
我有我的步调
他有他的前程

2018. 5. 3

我想

我想从黑暗中
看到光明
从你的沉默中
听到声音

我像罗汉
袒着胸
想要证明
色即是空

这死一般的寂寞啊
惊吓了人生
他沿途呼唤
却没有回音

我是飘过你天空
一缕惨淡的云
消散
无影无踪

2018. 5. 3

五蕴皆空

站在玫瑰花旁
背对太阳
和大地合影
披褐著巾
我是一名农妇
竖起双指
我是可爱小兔
拈花微笑
我立地成佛

行深般若波罗蜜多
照见五蕴皆空

2018. 5. 6

我的床是座小岛

鸟鸣如涛
闭着眼醒来
伸一个鱼的懒腰
转身向窗
再蜷睡一会
诗句如跳鱼
在海洋中舞蹈
溅起美妙的水花
向我娓娓游来
我的床是座小岛
天茫茫
云澹澹
东临碣石
心观沧海

2018. 5. 8

隧道

穿过一个隧道
又一个隧道
有幽暗有微明
遁入其中
我好奇
你穿过我身体
温暖又笃定
万水千山
你的心情

闪电惊雷
骤雨沙沙
灵欲之幡辗转
羞惭又坦荡

2018. 5. 19

信的现象学

晓芒在讲康德
而我的心思
在面前课桌
那十八个信封上
每个封面一句诗
意境深远
信封里面没有纸
空如禅宗
你字迹潦草
我神情冷漠
无视某人
关注的眼神

2018. 5. 24

在路上

黑色的河
白色的船
葱茏的树旋转
理想一往无前
百鸟朝凤
欢乐颂歌
蓝天张开翅膀
为我护航
突然想起十年前
你送我书
扉页上写下
“美丽永远在路上”

2018. 5. 25

平凡的世界

清风里
百花齐放
姹紫海棠
嫣红玫瑰
昂首的凌霄
温柔的蓝雪
团花簇锦的绣球

鸟声人声车声
淡淡的云
淡淡的天
星期六闲适的早晨
身穿白色恤衫
我躺在园中空地
一动不动

你即将离开
我不愿是迟开的牡丹
或其他绚丽的花
那栀子花才是我

含苞　盛开或凋零
懵懂　敦美　憔悴
朵朵眷恋　朵朵深情

此去经年　清风起
你仍会忆起我五月的芬芳

2018. 5. 26

我是无咸

星期天的早晨
天穹灰蒙蒙
气温二十二度
风三级　西北偏北
好天气　好心情
衣袍手洗　上楼晾晒
六件　十二个线夹
布衣深灰　丝裙深咖
长袍两条深紫　两条深蓝
风动　幡动　时过境迁
不再与漂亮的女人比智慧
聪明的女人比美丽
被褐怀玉　我是无咸
仰卧鹿台
风微凉　鸟啁啼
看到地球的那一面
苏格兰田野
有个男人
穿着格子短裙
风中吹笛

2018. 5. 27

寡人有疾

西湖虫二岛
一人一座茶楼
风月无边
东湖观潮轩
凫飞鱼潜
离李白放鹰台不远
一样的黄菊
一样的粉蝶
一样的蓝天
这是你我的宿命
各在水一方

从前　霓裳羽衣
你的耳语
“寡人有疾”
我的回眸
移步如莲
如今　蓝田烟已
春　花开花谢
夏　斗转星移
秋　天淡云闲
冬　鹿鸣风疾
情未了　幻梦且勿耽

2018. 6. 3

鹿儿岛

其一

芒种
阔别重逢
喝一壶烧酒
红薯黑糖纯酿
夕阳下
笑谈火山频仍
天地悠悠
忆往昔
数今朝
一杯又一杯
莫惆怅　且从容
放鹿儿崖间自在
再来一壶　干杯
不论英雄

其二

曲径通幽
鹿儿岛是什么？
一座城堡
一个象征
一段时间
一点空间
风不依不饶
火嗞嗞扰扰
山微笑　水低眉
絮絮叨叨
咚咚咚
丛中鹿蹄轻跑

2018. 12. 1

夜寻

夜深人静
我的心逸出肉身
引领我到园圃

仰望
浓云像擎天一荷
雨似下非下
五月初一　没有月亮
也没有星星

俯视
月季无精打采
与春花判若两人
电筒光下　蚱蜢和蝇　假寐
简单活着　无需思索

倾听
只有草丛蟋蟀
重复着单调的歌
诸神　夜复一夜

你想要告诉我什么

今夜如水
我的灵挣脱桎梏
又戴上枷锁

2018. 6. 14

无声歌唱

晨
夏风清凉
汩汩如流水
涌入窗来
鸟声千朵万朵
如花瓣　随清流飘荡
荡涤人间尘埃
去一切烦恼
我不是第一只
醒来的鸟
也不会歌唱
黑夜燥舌
我缄默不言
但
这首诗
千里密音
你在梦中听得到

2018. 6. 19

简

夏至后清晨
太阳比你起得早
当你浇灌
总有花
甜甜地　向你浅笑
你知不知道
黄昏那朵含苞
哪儿去了
她就在这
等你说早安

不要问我
为什么衣着朴素
我本是花儿
自然开放

2018. 6. 25

十字架上的真

亥时　木星和凸月
靠得比以往都近
那远远散落的群星
会不会嫉妒
地上遥望的我
应不应嫉妒

月光很亮
影很黑
向东向西
向前向后
月　就在那里
白云簇拥　庄重华严

登上电梯控制塔
抓拍　突然发现
月亮和楼顶 T 字造型
像一个被缚的巨人
和我面对面
晚风阵阵　脊背发凉

有多少亡灵和我一起
看月亮　为了真理
流浪四方
蟋蟀轻歌　和平常一样
全然不知　我和月亮合体
钉在十字架上

2018. 6. 24

我的视野很狭窄

我的视野很狭窄
只能看到天空和云彩
看不到天外天　云外云

我所听　单调而枯燥
只能听到鸟鸣犬吠和蝉唱
听不到诗乐舞之大韶

我的嗅觉很庸俗
偏爱　夜来香的浓郁
闻不到形而上之玄妙

我的味觉很舌间
遍尝　酸甜苦辣咸
不懂味外之味　余味曲包

我的触觉很感伤
只能摸到水泥混凝土的烫
不能摸到大地的心跳

我是这样的平常
你所说的不凡
我无法做到

2018. 7. 10

有一只猫头鹰纹了眉

我只有一个肉体
戴着镣铐
但我的灵魂
脱壳有术　到处飘荡

我一会儿是黄皮肤蛤蟆
鼓着腮帮子　绿荷上呱呱
一会儿是雕　空中飞
系着白围脖　一副骄傲模样
但是啊呀　当我乔装红太狼
参加森林会议
身边一只公猫头鹰
纹了眉毛　又粗又浓毛毛虫

我只有一个灵魂
戴着镣铐
但我的诗歌　跳着狐步舞
给肉身松绑

2018. 7. 11

我从桃树旁走过

我从桃树旁走过
一只小小蓝蝴蝶
迅然　从枝叶间飞出
逃出我的视野

我从凌霄下走过
一只胖黄蜂提着篮
深深钻进花蕊
花儿　面泛红潮

金露花伸展手臂
茉莉花沾着雨露
鸟儿高歌
蟋蟀低吟

我坐在园中
以身饲蚊
百草这样安静
阳光这样安静

2018. 7. 13

男人的枪 装满子弹

初伏上午
窗外骄阳
蓝天的衣衫很薄
白云赤裸裸
我也穿得极简
一个人的房间
跷着二郎腿　平躺着
直面自己和诗歌
欲望和灵感　如
夏日喧蝉

这个时候
我想起一个佛系女人
她说：贴面舞的时候
男人的枪　装满子弹

2018. 7. 17

妈妈的乳房

小姑娘的时候
她见过父亲的大鸟
黑色长尾巴雄伟的大鸟
如今飞到天上去了

中年　妈妈的乳房
静物般陈列她眼前
干瘪　褶皱　长斑
右乳　麻布手编袋　蔫蔫
挂在发黄的老屋墙上
左乳　木乃伊女王裹着白纱

那些光头　拎着积液袋的
蜡像般庄严的女人
聚坐塑胶沙发上　先知般神聊
对局外旁听的她　善意微笑
她们的一个乳房
献给了饥饿的凯瑟王

大鸟飞走了　鸟巢空了
被光阴无情压榨　吮干
浴室　赤裸的她　对镜自鉴
想着老年　双乳的惆怅和悲伤

2018. 7. 22

大脚印

清晨
一会儿有只燕子
一会儿有只蜻蜓
一会儿有只黄蜂
一会儿有阵风
他们都有翅膀
在空中　飞翔

我赤脚走着
黑母鸡赤脚走着
蟋蟀边走边唱
小蚂蚁裸爬
太阳在东方
踏浪而行
我没有踩　大脚印

2018. 7. 27

姐　妹

短头发姐姐
长头发妹妹
楼顶乘凉
话家常　看夕阳
妹妹："啊呀，一根白头发"
妹妹拔自己的白头发
姐姐帮妹妹拔白头发
妹妹突然想起
小时候
姐姐帮妹妹捉虱子
捉着捉着两人生气了
妹妹对姐姐说：
"你赔我虱子，
刚才扪死的那只！"

2018. 7. 28

蜘 蛛

月全食遇到
火星大冲
不知　牛虎饱餐后
黎明有没有月亮残骸
错过了就错过了
他使劲敲她浴室的门
嘟嘟嘟　嘟嘟嘟
啄木鸟一样

月出雾海
像信纸一样薄
他的信封是空的
月落西天
落的是　涅槃
重生的白月亮
月心切下来的　一片
薄　没有血丝

她喜欢独居
织一面网　端坐中央

仰观日月星云
身后有轻轻脚步声
狗跑回家门　使劲叫唤
日出东方　月栖西隅
一对热恋的麻雀
卿卿我我　飞到桂树上

2018. 7. 29

月光下的女人

月光下的女人
有一只黑犬　相伴

她听懂
蟋蟀草丛的长情
鸦飞过的孤独
落叶心跳　因为风

她仰望
金月亮　银月亮　红月亮　黑月亮
白云乌云与星月　山水缱绻
解读　每一封　天书

她闻到
雷雨后　花下泥土　性感的腥
她味　她触　她法
时间空地　鼓瑟弹笙

月光下的女人
在诗中寻找　阳光下的人

2018. 7. 30

开灯　关灯

不是我不睡觉
是我醒来了

妈妈每晚　开着灯
我站在门口
灯照着熟睡的她
梦中的妈妈　怕不怕黑

我每晚摸黑上楼
吓了老鼠一跳
开门回家　吓了狗一跳
关灯做梦　吓了周公一跳
子时睡　卯时醒
属于我的　太多又太少

2018. 8. 2

落

洗长裤前　清理口袋
一卷百元钞票和　一元硬币
滚落木板地上　追　抓在掌心
打开　花的那面　阴

送别　有朝阳　有弦月
梅树枝上　三只黄雀
梧桐树　叶子绿　叶子黄
一片黄叶　飞　落到我面前

三龄蓝冠鹦鹉　叫乐乐
妈妈　你好　恭喜发财
他喜欢学话　喜欢飞
展翅　两片绿羽毛　落下

一只哈士奇　落了单
戴着项圈　马路边让我抚摸
我把性和欲分开来说
艳阳下　花儿落　预示着什么

2018. 8. 5

今天，是我的过客

稻田　绿树　村庄
金色阳光
诗集的纸张偏黄

进隧道很黑
提速两耳鸣响
邻座小朋友笑容真好

今天　是我的过客
时空行者　一路向前
且行且思考

2018. 8. 10

不能不允许

天上有只黑燕
飞得那么高
我不能不允许
人说小鸟飞　飞不高
还有更高

妈妈有只泰迪
长得非常美
我不能不允许
人说这狗品相不好
还有更好

毛毛细雨飘起来
打着脸　滴滴清凉
我不能不允许
人说阴雨天不方便
天亦有老

能飞就好
管什么高不高

有狗就好
管什么丑不丑
活着就好
管什么老不老

能写想写有写就好
管人家怎么说

2018. 8. 18

逝者如斯

辰时两刻
小区外
哀乐　突然响起
像千千万　死神甲虫
钻入我耳中
一切鸟鸣蛙唱
皆不可闻

我很想知道
庄子击盆　唱的什么歌

2018. 8. 20

我的梦是只小奶猫

吱吱吱　我的梦不见了
侧望蛋壳青的天　空空
蝉声如潮　洗涮一切痕

是只懵懂的青蚱蜢
被神武的小麻鸡啄食
是条扭啊扭的蚯蚓
被胖臀的黑水鸭发现
是根刚长高的瘦草
被素食主义的鹅吃了

喵喵喵　我的梦不见了
太阳醒得太早　升得太快
一只小奶猫叫　不知藏在哪

2018. 8. 21

躲猫猫

我小心地掩藏
不时探出头
竖起耳　等你来找我
发现　捉住　尖叫　大笑

天越来越黑
楼道越来越静
你没有来
星星同情地望着我

孤独地回家
那天发生的事情
我谁也不会说

2018. 8. 21

用脚推开纱窗

一会儿看书
一会儿看月
蛐蛐儿演唱秋晚

十二的月亮
新剥的巴西松子
肉肉的　发着光

星星眼红了
因为妒忌
我笑　月亮也笑

一只小野猫　喵喵喵

2018. 8. 22

欢喜禅

亥时人定
骤雨停
我希望我的诗歌
是你打开北窗
湿湿的清风
给你行贴面礼
打开南窗
蟋蟀的耳语
碎碎念祝晚安

我希望　就是这秋夜
让你心静　喜欢

2018. 8. 27

我忘了你

沙沙沙
清晨的秋雨
唤醒了我
旧梦新梦　忘记了

我忘记了春光

春天是啥模样
百花齐放
丝雨绵绵
蒲公英追逐梦想

我忘记了夏阳

夏天是啥模样
朝阳夕阳终日乾乾
蓝天白云逍遥
三角梅不畏骄阳

我忘记了冬雪

冬天是啥模样
寒风呼啸彰显主权
笨拙的我是只北极熊
厚围巾外双眼张望

我心中只有秋天

初秋最是低首
轻风拂面　惬意凉爽
鱼戏莲叶间
珍惜眼前　莫负好时光

2018. 8. 28

给我一片空地

请在鲜花攒动中
——这花要有血干涸的颜色
在蟋蟀鸣唱的潮中
——这歌声要有金属的光
给我一片空地
闭着眼　洞穴渊薮
睁开眼　娥月高悬

这月亮像一支　大天使的
翎羽　洁白　光滑　纤美
伸手可撷　幻化万千
在银羽之下
所有许愿都可实现
所有示爱都是赤诚
有血的坚贞　声的恒远

给我一片林中空地
给我自由

2018. 9. 5

火柴之恋

打火机和火柴之间
我选择火柴
黑森林里有一个
喜欢收集火柴的人
种土豆　画画

金火焰在上
蓝火焰在下　燃烧
红色的头乌青
身体发白　啪的一声
头断了　落下

避风　划燃　焚
一根又一根
感受　灰烬的痛
这份虚空
让我充实

2018. 9. 5

哈 欠

一个哈欠
又一个哈欠
思想让情感犯困

子夜无疑比正午胖
体重是个困扰
鸟雀比鸭鹅
更有问题意识
为了飞翔
她们吃得很少

一声叹气
又一声叹气
肉身让灵魂迟钝

2018. 9. 10

邂逅

最好是雨天

拈一枝红玫瑰
撑一把小黑伞
细雨如丝
四十五度斜帘

最好是雨天

白山茶路畔
紫狐尾在田
苍耳翠绿
野菊金黄

最好是雨天

灰蒙蒙天色
鸟鸣林间
犬行道上
野旷少有车喧

最好是雨天

你天际走来
随风而过
淡淡看我一眼
一世不再相见

2018. 10. 14

梦如烟

昨夜　梦见你
不因爱意
不因想念

我是这雨后天
寂寞红颜
不语不言

寒蝉凄切
孤灯下
你燃起一支烟

2018. 10. 16

在梦里

在梦里
我见到你
好像一抬头
见云中太阳

楼上楼下
切近又遥远
听着你声音
看着你身影

你谈笑风生
我没有言语
你没有看到我
你从未看过我

在梦里
我见过你
好像一低首
见水里月亮

2018. 11. 2

城市之光

我在光中睡去
在光中醒来
城市之光
淡淡映照西墙

冬虫嘤咛
如耳鸣
雨碎裂叮咚
那是月的泪声

车疾逝如流水
路会不会痛
碾压践踏
这是他的一生

我在光中醒来
静观　倾听
晨　挣脱枷锁
瑟瑟寒风

2018. 11. 20

蛇的不安

窗外雨
嘀嗒叮咚响
我的思绪是一条
蛇　冰冷
湿漉漉泥土草丛
枯叶上缓行
不惊醒蚁蝼梦境

黄褐色落叶
吵吵作响
鸟鸣树　鼠梭灌
小雪将至
我有些不安
恐肉身冬眠
灵感僵硬

2018. 11. 21

我的床在狗窝旁

严冬最宜坐床
如草龟
曳尾泥塘

灰天窗外相望
黑狗蜷窝陪伴
我深呼吸诗的氧

白鹅戏溪沐浴
水鸭啄草觅虷
形上　灵随遇而安

2018. 12. 15

尘襟懒拂

那晚　坐我对面
脱下鸭舌帽的男子
剃着中年的光头
自名心魔老人

他从怀中掏出一瓶
老酒坊私酿
不停抽烟
谈女人　诗和人生

他削下肋骨递过来
一根又一根
我微笑着审视
那骨髓　分明稚龄

今晨　久违阳光
我想起昨天下午四点
窗外突然飞来的那只鸟
歌声清脆动听

2018. 12. 16

少女之心

天黑了
我老了
日夜更替
明天会更好
而我一路向西
容颜枯槁

人是向死者
灵却可长生不老

2018. 12. 23

第4辑

白房子

红菜苔

遇见
你微笑着
叫声我的名
我的影在你眼眸里
闪闪发光

颀长的红菜苔
风霜中摇曳
好菜当摘　莫徘徊
味蕾　花开
苟菜苔　毋相忘

2018. 1. 17

透明的小鸟

我是一只透明的
小小鸟
冬日暖阳
站在高处
就想展翅飞翔

蓝天白云
我想放声歌唱
歌唱自由
歌唱爱情
歌唱一切美好

我是一只透明的
小小鸟
边飞边唱

2018. 2. 1

狗 语

钻进狗窝
不看天空铁灰的脸
闭上眼
成百只小银鱼
在黑色缸里游
竖起耳
脚步声　门声　鸟声
这些脑残的鸟
在牢笼中　唧唧歪歪
不像我　在主人家自由自在

有幸做人类的朋友
沉默　忠诚　聪明　顺从
来福　今年我们的生活会好一些
“傻狗，狗年不吃狗
难道猪年不吃猪
牛年不吃牛?”
“养狗的楼栋
都不能评文明楼栋!”
梦里　人吠着狗语
狗说着人话　我们一起扔皮球

2018. 2. 10

绿 梅

为霜冻的龙树剪枝
这才发现
一朵　两朵
在山茶和月桂树枝下
一盆瘦瘦的红梅　开了

红梅开了
这才想起
那盆　缀满浅绿花骨朵的
不是海棠　是绿梅
有暗香浮动

应是那情人节　月弦
被你轻轻　拨了三下
惊落　天上的星
嵌在我枝头
春风起　落英缤纷

2018. 2. 18

荒 原

二月　我头上　有一丛风信子
龙门客栈　宿酒没有醒

窗外　那只飞扑而来的
黑色大鸟　是乌鸦　还是太阳之子
嘘——风声很紧
普天之下　只有一个声音
是狐假虎　在自说自话

把所有流水
都剪辑成　长短句　叫春
主角更替　白雾茫茫
那个人没有来　也许明天
坐在冷月上　荡啊荡　我感觉自由

一只老母鸡痛苦地蹲着　难产
没有其他人关注　我伸出手
把她囊中的蛋　掰正
产下　带着血丝　洁白　硕大无比
给虚脱的她喂水　祈祷　好好活着

寸草不生
还是一岁一枯荣　离离
如果每个晚上
你的手　都握着我的山峰
迎春花开　姹紫嫣红　还会远吗

二月　狼烟　告诉死神　我在等他
天空　有十二个太阳

2018. 2. 23

白雾的早晨

白雾茫茫
山水　校园
世界看不到真颜

信步来到静修林中
山茶红艳
梨花胜雪
桃之灼灼
垂丝海棠颔首微笑
复色海棠舞姿妖娆
比利时杜鹃也开了一朵
坚贞的花

每一朵花都含着露
发着光　像千百只眼睛
单眼皮　双眼皮　小眼睛　大眼睛
会说话啊　安抚我的心
不再彷徨
我相信
迷雾会消散
花儿盛开的地方
终究会有灿烂阳光

2018. 3. 15

晨路

乌云在逃亡　滚滚攘攘
好像荒野的牛群　奔腾　扬起黑尘
风是云的牧者　不走?!
一鞭　一鞭　再一鞭
听说　雷即将怒吼
电要撕裂守贞的纱
暴雨就要来了

树叶擦着掌　沙沙沙
我相信她们绝不是吓得发抖
满地枯叶　暖着倔强的草根
蹲下　细看　有很多嫩的苞衣
如落英缤纷　每一个苞
都孕育过叶的新生
那空中独翔的小鸟　无畏流言

2018. 3. 20

灯 火

仰望天空
桂花树不明白
家乡的星星
闪闪如波之粼粼
都城的冷月
追随的星　零丁

有人把所有花盆
都种上大蒜
有人在桃树旁
扦插菊花
街市的灯火太亮
天上的星　微茫

灯火得意的讪笑
最不亮的那颗孤星

2018. 3. 25

鹊上枝头

并蒂杜鹃
谦卑
满树红茶
华严
在身边　在远方

桃树一夜千耳
聆听风之消息
窗外　你探出半个身
向楼下的我招手
久违了　童真笑颜

百树葱茏
万花善睐
把半开的窗
全部打开
让鸟语花香进来

倚着你的窗台
仰望　俯瞰　翘首
白日和乌云
跳着华尔兹
有个青年　引吭高唱

2018. 3. 30

樱 花

我愿意
是你繁花笼罩下的
铁树　兰草　红泥
或是你站立的崖石　廊桥
或　陪伴你身旁的香樟
抑或　为你驻足
带着随身听的老人
用手机拍照的学生
轿车缓行　摇下窗的妇人
我想　蜂一样轻　吻
你的瓣　你的蕊　你的蜜

猫头鹰咕咕密林
春鸟吱吱空中
青蛙呱呱远池
游人熙熙攘攘
有喧哗就有寂寥
鸢尾　迎春　茶梅
建筑　路牌　碑帖
久违的你我　都不说话

空　空　空
我的足音
缓慢又忧伤

突然觉得你的美
虚无又残忍
脸色苍白　眼眸悲凉
你的故乡
曾将你万里移植
用我的鲜血将你浇灌
我不敢相信
你如此娇艳　柔软
鸽子般温和　尊你为国花的人
曾对我做出
那样决绝的涂炭

愿世间少一些驱逐　屠杀
和平之花　开满天下

2018. 3. 31

幸运草

“看，四片叶子”
“你最幸运”
“我们都幸运”
四月天的傍晚
四个初识的人
湾溪河边散步
谁的手　伸向幸运草
又收回
与其采撷　夹在书间
不如　让更多
幸运的人
惊见　欢喜

2018. 4. 2

幸运草（又一首）

四月的湘西
湾溪河畔风光
巧夺天工
百鸟啧啧称奇

悄悄蹲下身
我听见幸运草
伸个懒腰
轻轻对河水说

我何其幸运
在你身旁

2018. 4. 3

边 城

你的鼾声中
我突然听到小鸭子叫
舍弃晨读　漫步河畔
万溶江　湾溪河
深呼吸　青春的味道

杜鹃花映红
经开区的文明
鸢尾花衬托
杨梅树的威严
桃花林玫瑰园杨柳岸
舞动湘西　日月同辉
年年四月燕好

凤凰于飞　榭台半圆
检阅风月无边
小鸟们相互说着情话
河水有祖母戒指颜色
幸运草如甸
恰自开着花
白瓣绿蕊　高高举起灯盏
乾城街　半亩方塘
你和我　慢慢变老

2018. 4. 3

一棵开花的树

黑暗　光明
隧道　群山
我们是过客
高速淌过时间如水

山是美妇
有一棵开花的树
如华胜　扦插她云鬓
是什么花？　来不及端详

山脚　一棵高大的树
独立挺拔　直指天空
几与山同高
是什么树？想树下徜徉

满是绿的海洋
一匹瘦骨嶙峋黑马
低头嚼着草

牙口缓慢　尾巴轻晃

明亮的心　突然黯然
想起你　福寿山上
群碑为邻　面朝湘江
等待我们　清明看望

2018. 4. 5

花的心事

玫瑰月季和蔷薇
骨朵攒动
小小脑袋里
多少秘密要说
含苞是一滴相思
泪
盛开是一纸希翼
鸢
等不到
你拈花微笑
比孤寂更荒老
闲云　不要问我
过得好不好
谷雨即　春将逝
姹紫嫣红的落英
最美　也最忧伤

2018. 4. 11

余 香

一夜　风轻
百花盛开
喜看　每一张笑脸
仰首　白日云海晨泳
像颗明珠　打开天的眼
树形玫瑰花开两朵
淡淡的芬芳　蜜蜂才沉醉
采撷一枝　三指轻拈
阳光下
和宁静的树
快乐的鸟
一起
守在你必经的路旁
等你
翩然而来
送给最美的你

2018. 4. 12

花之梦

天气凉爽
晨风轻吹
燕子悄飞
邻家爷爷抱着衣被
上楼晾晒　奶奶说：
“清明过了
就要放五一假”
我淡淡地笑
“是啊，四月十五了”

太阳醒得很早
阳光啊你轻一点
莫惊醒花蕾

2018. 4. 15

燕双飞

苍蝇栖在菊花叶上
飞蛾空中惶惶地飞
蜗牛伸长脖子噬着花
小老鼠们从中跑来窜去
嫩稚的蚊子吸了第一口血
春天　是所有生灵的
从黑暗到光明
渺小的恶卒也很快乐

压在五指山三千年
浑身酸痛内心崩溃
活着的意义是什么
十八层上　清风习习
天色淡淡
左一只小黑燕
右一只小黑燕
在头顶　自如地飞

2018. 4. 17

金银花

春夏
鸳鸯藤蔓
缠在竹枝上
缠在桃树上
缠在桑树上
缠在龙树上
缠在月季上
匍匐在地上

三月三
金花银花
清香　五出　一蒂二花
成双成对　形影不离
不畏似火骄阳
不计雨露营养
秘密骨朵
妙曼风舞

清晨的天　灰蓝
风　微凉

趁朝阳未升
苞尚嫩绿
轻轻采撷
采着撷着　突然想起
你我花前　我黑发如瀑左肩
有一根白发　特别刺眼

2018. 4. 19

金银花（又一首）

青绿　奶白　金黄
两小无猜
青春年少
比翼双飞
鸳鸯藤上的爱
至少有三种状态

蜜蜂和我都起了个早
我们分工合作
他负责采花蕊的蜜
我负责撷花骨朵
我们将蜜和花献给所爱
劳动　歌唱　欢喜

2018. 4. 22

为你种下千朵玫瑰

一别经年
你是否长了白发
是不是如那篱笆上
迎风起舞的金银花
不　你绝不会这样零乱
你历来气宇轩昂

你可知道
自你走后
我在庭院种满了花
铁线莲蔷薇月季玫瑰
各种茉莉绣球和菊花

人间四月芳菲
小屋炊烟缕缕
满园鲜花盛开
深浅颜色浓淡馨香

而曾经灼灼其华的我
面色黝黑　首如飞蓬
双手双脚满是伤痕

只因为　这千朵万朵
此谢彼开的盼望

2018. 4. 21

猫和鱼

西湖
一只大黑猫
蹲在良夜断桥边
双眼闪闪发光
她在和小鱼闲聊
一条金色红鲤
聊猫的胡子
鱼的烦恼
青春的回忆
本能　偷窥和尴尬
她把他含在舌尖
又吐出来
舔一舔
又吞到口中
品味他的柔软
鱼看着猫
他的世界
享受被虐的快感

这时　猫听到
吱吱老鼠声
她挠挠诗集
把鱼放回
梦的湖里
洗澡

2018. 5. 2

风车茉莉

立夏前夜
久违的风声
呜呜呜
为逝去的青春
为忆你的温存　哭泣？

提灯上楼
夜雨点点滴滴
玄黑中　风车茉莉
呼呼呼
众妙之门　摇曳

我愿将魂
千千结在藤上
攀沿攀沿
伸展伸展
拥抱世界和你

天苍苍
野茫茫
洁白的我
遗世而独立
芬芳又迷离

2018. 5. 5

五月菊

又到五月
稚菊将开未开
千百双眼睛
脉脉含情
千百嘟红唇
能歌善吻

风动菊动心动
恰当年情窦初开
我等着你
骑着白马而来
吾有好爵
与尔縻之

2018. 5. 6

七姊妹

七姊妹
盛开在五月
七姊妹
下凡的小仙
热情奔放
艳丽芬芳
你们一模一样
是哪一朵
芳心暗许牛郎

2018. 5. 6

像狗一样爱你

我想　狗一样
爱着你
赤着脚　低着头
嗅嗅你尿过的草地
循着你的气息
发现狂野的你

我们相互致意
鼻子湿湿
舌头舔舔
阴阳太极
喜欢　在一起
不喜欢了　就打一架

2018. 5. 15

栀子花开

昨天　大栀子花
开了　一朵
今天　小栀子花
开了　两朵
洁白又芬芳
伫立花前
我欢喜又忧伤
期待花开
害怕花开
离别的这一天
终究要来
明天我们微笑合影
不管什么红瘦绿肥
我认为你最好
你认为我最美
启航吧
勇敢扬帆
半亩方塘
有蛙声相伴

2018. 5. 17

白雪花开

白雪开了
蓝雪还未开
金银花第二波
三角梅初绽
月季此谢彼发
鸟鸣清脆
布谷声催
百花千鸟相伴
彼此不孤独
雷雨后晴天
一轮明日
升起我左肩

2018. 5. 19

青苔

窗有栅栏
那就走出门
徜徉山与山之间
和神明同呼吸
抬头见小径通幽
信步攀登
与树木丛林交融

麻石上青苔
她说她很喜欢
欢呼雀跃
我微笑着
没说山里的蜗牛
与城市的不同
坚壳深皮肤

那一树的野枇杷啊
皮包着骨
迟开的蔷薇似杜鹃
风华正茂

我坐石上留影
她坐石上留影
他一样赞：哪来的仙女啊

而我愿意是那蜗牛
眼睛望着你眼睛
或是那枇杷
被你采摘被你轻咬
或是那磐石给你安坐
最好是那青苔
被你喜欢　让你心静

2018. 5. 20

虞美人

晨风习习
我心依依
火红的爱似幻
万绿丛中一绮丽
鸟在空中
鱼在水中
蟋蟀微醺
栀子花中轻吟
一切顺乎自然

苗笛深情悠扬
蓦然回首
白衣翩翩
原来那人是你

2018. 5. 21

绿野仙踪

湘西
有无数巨人
头颅硕大
须发葱茏
他们张着嘴
吐舌呼吸

一匹白鹿
不停蹄
载着我奔驰在
巨人们黑色舌苔上
两边高高青山
连绵不息

大口一张又一张
舌头宽又长
我们一忽儿在舌
一忽儿在口
舌平滑舒坦
口幽深幻绮

白天太阳红艳艳
舌尖上风光无限
咽峡玄之又玄
夜晚新月笑弯弯
舌外天苍野茫
顶颚璀璨奇异

神秘的湘西
和蔼的巨人匍匐
任我们在他口腔和舌
驰骋嬉戏
乌蹄轻扬长发凌乱
白鹿和我爱醉神迷

2018. 5. 22

蝴蝶木

你说来生愿是
城步的清清流水
我答说我愿是
那潺潺水声
但如果你是
那高高的白杨
或潇潇翠竹
我愿意是蝴蝶木
长在古茶园溪水畔
青山脚　弯路旁
成为你眼中
唯一的花

2018. 5. 22

城步印象

怀孕的黑山羊
横穿水泥路
五六头黄牛山脚
七八头水牛沟边
幼年麻鸡
紧紧追随妈妈
乌鸡鸭子和鸽子
在田地里一起觅食
温敦的黄犬
树荫下陪主人乘凉
优雅的白鹭
梢头振翅
一对长尾鸟
瘦的啄一下胖的尾

蜿蜒曲折的山道
秀丽挺拔的白杨
云雾中的吊脚楼
淳朴的苗民
自由自在慢生活

一首首深情的歌
一碗碗香咸的油茶
走不出大山
那就让大山走出去
让我们走进来
走不出的大山
我们来了
把爱留下　帮扶留下
不走出大山

2018. 5. 24

栀子花的爱

我愿是这栀子花
盛开在五月
左边丹桂
右边杨梅
前有铁树
后有香樟

山风徐徐
当你偶然经过
闻到清香　驻足
诧异我的素颜
洁白淡雅
与众不同

因了这一赞叹
低嗅　伸出又收回的手
且容我自在枝头
即使无缘再见
生死契阔
也了无遗憾

2018. 5. 22

五月花

高贵的百合
温润的栀子花
轻盈的白雪
素雅　敦厚　纯洁

夏菊黄华
盏盏热望
兰亭曲水
酒逢知己千杯

绣球八仙
谁识你华颜绝代
富旺木槿
谁知你日新之德

五月花
美丽又忧伤
最是那抬首的勇敢
却被回避目光

2018. 5. 23

为你种一篱金银花

当我离开
为你种一篱金银花
不怕天旱雨涝
无须费心照看
年年春夏花期
嫩绿花苞
清晨采撷
煮饮
如舐我的泪
金银鸳鸯
我的微笑
风来
有宜人的芬芳
爱之蔓蔓
我不曾离开

2018. 5. 24

山之恋

两座大山
每天面对面
南面是乾
北面是坤
有条河流　从西向东
横亘两山之间
山和山默默相爱着
鸟雀　蜜蜂　蒲公英
给他们传递书信
一天午后
滂沱大雨初停
太阳冲破云纱
一弯彩虹
架在两山之间
地天泰
世界美好

2018. 5. 25

花之心事

微风徐来
我在风中等你
馈你以清香
细雨绵绵
我在雨中等你
潮湿了心房

梅子熟了
竹马　你可知道
花开花谢
那落英
无可奈何的
忧伤

2018. 6. 2

以一片银杏叶许愿

六月清晨　微雨
天空　无限心事
路灯　身形消瘦
一只长尾鸟　独自
站在高高的灯罩上
唧唧复唧唧
声声呼唤
但他的朋伴
迟迟　没有飞来

站得越高　越孤独
银杏树叶青青
千手观世音
我想拈一片叶
许愿
所有期待
都幸得其所
所有付出
都幸得回报

2018. 6. 2

富旺木槿

楼前　芳草甸
有一条麻石小径
葱绿的狗尾草
是小花的蓝颜知己
不知是微风拂面
还是白粉蝶亲吻了蕊
或是蚂蚁蛰了根茎
小花娇躯轻颤
快乐呻吟
只有蚯蚓能听到
你说我们终有一天
会慢慢变老
我说我是你的
富旺木槿　有日新之德
你骑着龙马来
我就在这里　花开不谢

2018. 6. 2

我想瘦成一竿青竹

我总是很想你
想你鹿首时昂时低
瘦是涩涩的爱
成了过往
一瓢饮
枝上喜鹊欢
青山依旧
竹在林中　叹息

2018. 6. 2

黑蝴蝶 白蝴蝶

香烟的体温
给红唇以炽热的暖
那幽幽消散的
是不纵亦逝的殇
灰烬之灵
幻化成白蝴蝶
跳一曲青春狐步舞

而我写给你的诗
烛光里
你不曾细读
且焚烧吧
等你入梦
黑蝴蝶　湿地蹁跹
罂粟花　开满绝情谷

2018. 6. 2

红玉兰 白玉兰 黄玉兰

红玉兰难熬冬天霜雪
夭折了青春
白玉兰溢香　满城空巷
仰慕者如云
黄玉兰夏含春露
云雨　万种风情
望春　应春　玉堂春
亭亭玉立　前世今朝来生
三姊妹命运何其不同
冰清　玉洁　深情
霓裳轻解　灵之舞
燕双飞　蝶恋花　点蜻蜓
最是闲天　雨转云
道是无晴却有晴
以身相许　难报君恩

2018. 6. 3

大学毕业合影前有一只黄猫[1]

大概是你才华横溢不苟言笑
学妹的我暗恋军训士官的你
毕竟你是追求过我的　三天的恋情
业力尚浅　禁止恋爱　你我不知如何接吻
合上潘拉多之箱　不要谎言没收到书信
影子里捅六十四刀体力不够立地成佛
前面那个黑脸侠客原来只是凤凰男
有三句经典：你高你漂亮你城市姑娘
一生的悲哀是没有初恋　所随非人
只影形单　就这样白雪无痕　孤寂
黄萎的不是落叶　而是青春　我和你
猫在图书馆石阶前绕来绕去　不声不语

2018. 6. 3

① 一首藏头诗。

夏天的狗尾草

六月　雨后
你摘下三支狗尾草
缠绕　织成戒指
戴在我无名指上
茸茸的一环
有着南方夏天
田野的颜色
翠绿　坚忍　从容
充满希望
你注视着我的眼：
“这份爱
不被世人了解
今生我愿
为你默默付出”
我微笑如狐

爱的荒原
一匹狼
尾巴长长

2018. 6. 3

幺蛾子

春天黑猫白猫叫
枯枝败叶中鼠辈寒噤
夏天满屋妖蛾子
不清楚是五谷杂粮
还是圣人的菊
与潘多拉有染

白天我是夹尾巴狗
绕开利往
夜晚我是一匹野狼
仰望苍穹
问众云和隐匿的星
索要月亮

夜晚和白天之间
我是食蚁兽　舌虐
鼠蝼和蛾子
食之无味　六月飞雪
我愿和獒一起
仗汉节牧羊

2018. 6. 4

鸟鸣窗外

卿卿　卿卿　卿
窗外一只鸟　脆鸣如箭
直直射中　梦界之树
睁眼的瞬间
见　一只硕大黑鼠　侧卧在田
肥美的臀　细长的尾
望窗外　天　松糕一样的灰
清风徐来　甘之如饴
天色　充满诱惑　暧昧地
如一只白雕
向我回眸
于是纵身　比翼凌飞
情深深　雨蒙蒙
只有自由　最美好

2018. 6. 5

蛙鸣的夜晚

夏雨后的夜晚
柏油路半湿半干
路灯和室灯
睁只眼闭只眼
不干涉我的秘密

博学广场
青春之歌妙曼
男生女生交谊舞
旋转　大笑　坦荡如光
同心湖里蛙鸣

灌木丛蟋蟀低吟
有一团白如羊
是浪漫小女生　还是?
果然是只狗　萨摩耶
我有一个秘密　不告诉你

2018. 6. 5

你是我的一枝荷

一直在等你
经年没有消息
年嘉湖 晚风
拂来你的清香
漫漫田田
原来你就在这里
不言不语

愿意是风
轻抚你的脸
愿意是蝶
展翅你的肩
愿意是鱼
围绕你的腰
从此魂魄相依

鸥鹭长飞
惊涛拍岸
我在堤 怅惘
你在水 盼望
聚散依依
莫叹息
情长久 胜芳华

2018.6.7

你的鱼腥味

年嘉湖
我是一只黄猫
嗅寻你淡淡鱼腥味

十五年前无腿之人
独钓东湖寂寞
碣石空空
那西湖拈梅玉手
指甲染红

迎丰桥下瘦荷
朝晖楼上夕阳
游人如织　不适合你我
蓝天无限战事
烽火狼烟

云雨不来　鸥鹭林飞
鱼儿失去了
最后一丝泥腥味

2018. 6. 7

牵牛花·月亮

芒种后
清晨
牵牛花
淡淡的月亮兰

她对青虫说：
“叶子遮挡了　我的目光”
青虫于是蚕食那叶
给她开扇窗

她对蜡树说：
“我不够高　看不到”
蜡树于是借她臂膀
蔓蔓攀爬

她对石狮子说：
“我想和你一起
看天上云”

狮子咧嘴笑："好"

白玉兰幽香
月亮说：
"你看云
我在云中看你"

2018. 6. 8

年嘉湖畔

三号首长楼前
有两座石狮子
我帮他们把口中珠
拨正了位置
摸摸小狮子头
坐在公狮子胸前
看了好一会儿
月亮　云　天空
白玉兰清香
直到阳光透过香樟
照在水泥地上

于是继续漫步
踱到小石林中
第三次融入
年嘉湖夏日风景
栅栏内　大杨柳　小池塘
蛙鸣鸟唱　波光粼粼
炽天使灼灼
光与影的绝唱
我背对湖　坐在凉亭
让太阳把爱的金辉
涂抹在背脊上

2018. 6. 8

夏日狗尾草

夏日　我愿意是一枝
昂着首的狗尾草
如果你是另一枝
狗尾草　长在我身旁
晨光里　和你一起
迎着风　摇啊摇
时而点头
三观完全一致
时而交颈
灵与肢　靡靡

我愿意是那只
发楞的麻雀
如果你在枝头
对我献殷勤　唧唧
我愿意是幼桑
新生草丛
我愿意是小花
开在泥地
我愿是一切平凡
只要　你在我身旁

2018. 6. 10

雪莲花

请你　送我一朵
雪莲花
真爱　圣洁　永恒
充满希望
让青春不再
疼痛
让美丽不再
消逝
让孤独不再
寒冷
我侧卧黑茶苦地
仰望天山
那仙池旁　雪莲花
静静绽放　阴中有阳
你若采撷　送我一朵
我又怎么忍心
熄灭一盏
爱的灯

2018. 6. 12

十八年前那枝荷

十八年前的夏天
你来看我　独自一人
我们并肩
你言说　我聆听
我是那枝盛开的荷
你是微风轻拂
我在水中沃若
而今　众生芸芸
你侃侃言说
我仔细聆听
你动听的声音
和夜蛙
完全不一样
你持箫凌波　飘过
目不斜视
而我　已是一粒莲
沉入泥淖
壳坚硬　不发芽

2018. 6. 13

城中空地

夏日清晨
一个人迎着阳光
慢慢走
在熟悉中寻找陌生
在平常中寻找新奇

突然发现
高楼与大厦之间
有一块荒芜空地
蛇床子仰着面
肆意疯长
狗尾草羞答答
低首温柔
那一丛丛芦苇　誓言
彼此相爱白头

这是一块无人关注的
空地　却是鸟雀天堂
是我放飞心灵
思念你的
地方

2018. 6. 15

共饮一杯合欢

山水文园
二十七栋楼前
有两棵高大的合欢
六月骄阳
艳丽的绒花
婆娑的青裳
夜夜合　日日开
勾魂摄魄　时涕时笑
清晨　我从树旁经过
抬头望望你的窗
帘卷西风　一阵清香
清香中有我的忧伤
你全然不识
两棵爱情树
长在富旺木槿旁

2018. 6. 15

我曾寄你一朵玫瑰

曾经
我在江南
将一朵玫瑰
夹在诗行
寄给江北的你
那时的我
是个长辫子姑娘
夏至前清晨
骤雨惊醒
杨梅洲的记忆
青春在前
秋实在后
冬天的并肩尚远
鸟声如潮
那一天
你微笑着说：
“没想到　这里有你”
只是
那一朵寄给你的玫瑰
抵达时已枯萎

2018. 6. 20

我是沙滩

卯时的风
似奔涌的潮
洗刷我身体的沙滩

鸟儿的歌声嘹亮
吹起集结号角
同人于门
启明星在天上

天　瓦蓝
心　澄明
我平躺在东方
仰望天空
迎接朝阳

金色阳光足浴
清风拂过我的身体
我是幸福沙滩

2018. 6. 26

我是一只花豹

我是一只花豹
舔舐清晨
目光如炬
直视前方
快乐地飞奔

青山　白鹭　芦苇荡
芙蓉花开　粉红
竹枝招摇　翠绿
路　长舌舒展　宽阔平坦
洒满阳光　倒映树的影
我快乐地飞奔

亲爱的故乡
无猜的童年
向你扑面而来的
是一只回家的花豹

2018. 6. 26

白百合的早晨

月季扶桑三角梅
是夏的骄傲
金露蓝雪凌霄花
是夏的牵绊
寻常园圃
每一朵花都独一无二
有各自的使命和希望
一支重瓣白百合
清晨悄悄绽放
独立高昂
雅洁芬芳
恰似你的吻　清凉
奏响六月末
爱的绝唱

2018. 6. 30

夜雨后，蟋蟀歌唱

骤然而来的雷雨
停了　凉风阵阵
夏夜如平静的海洋
惊涛骇浪淡去无痕
蟋蟀声是退潮后
沙滩上的贝　数不清
白云贴着高楼漫步
悠闲又慵懒
这时候
我看到天
眨了一下眼睛
有一道闪电
恋恋不舍红尘

2018. 7. 2

青梨熟了

我一边晾被
一边观察天上云
浓絮堆积
间或镶着金银的边
有一星两点雨
我找到乌云外
蓝天的眼睛

阅读天书
卷云　飞龙
倾听天籁
风巽　鸟鸣
屏闻天香
青梨熟了
等你回来

2018. 7. 3

花的微笑

朝阳下
花儿微笑
晨风轻拂
若有　淡淡芬芳
一只夏燕
掠过北窗
羽翼剪剪
是想筑爱的巢
还是想对我说
人间最美是
花儿般的微笑

2018. 7. 4

早安，蝴蝶

雨过天晴的早晨
鸟儿欢唱　如花海
随风荡漾　朵朵招摇

朝阳掀开积云
伸个懒腰
又转身回笼觉

蓝色天空日光浴
白云舒展
将心情晾晒

一只白斑黑蝴蝶
静静地
憩在金银花藤上

2018. 7. 9

蟋蟀是夏日的伴娘

无论白天黑夜
蟋蟀声总在那里
唱同一首歌
存在之歌

云定风清
小麻鸡开嗓
日益嘹亮
青春之歌

红霞满天
日出东方
蟋蟀是夏日的伴娘
谁是神秘新娘

2018. 7. 14

夏季不宜交配

丑时三刻　风微
窗外　蟋蟀声长而脆
皓月当空又覆云
想起八刀说
夏季不适宜交配
应撤掉鹦鹉繁殖箱
难怪　黄桃和蓝金
一直孵不出宝宝
谷子瓜子花生长了虫
房间到处蛾飞
那天　一对灰蛾
栖在白墙上　爱爱
被一掌拍死
转世投胎　为人

2018. 7. 25

夏风沉醉的夜晚

醉了的那一刻钟
她没有记忆
醒来的那一瞬间
没有陌生人
月亮粑粑在天上
格外明亮

她羡慕树
离天那么近
把夜明珠戴在发髻
树想起二十年前
那个姑娘

2018. 7. 27

虎斑蝶[1]

一只虎斑蝶
自在翩跹　叶间
清晨　将雨未雨

云太多心机
东方不见朝阳
西方不见夕月
空中不见飞燕
风微　蟋蟀声有些闷

茉莉花站在路旁
伸着小白手
散发体香　引蜂关注
金色月季开了一朵
夜来香　金银花　含着苞

虎斑蝶　令色有毒
从七月飞来
为八月　预言

2018. 8. 1

① 注：虎斑蝶，自身有毒，没有天敌。飞翔迟缓，无所畏惧。

我爱我家

骤雨过后
普天　水墨渲染
夕阳返照
如果没有高楼
遮蔽天际
远眺那红霞云海
更是胜景

我和潘
屋顶闲聊
她剪绣球枝条
我写诗
小娜陪着我们
又独自下楼
家门口叫唤

潘说：小娜也是一个
爱家的人
哦，爱家的狗

2018. 8. 3

夜来香

丑时一刻
野猫　突然婴儿啼
窗外　月迟迟不来
我像一条青蛇
将头身伸长　探看
半月　蓝灰带黄
东楼回望
恰似夜来香
暗暗芬芳

2018. 8. 4

一只白鸽

一个草窝
滚落廊道中央
一只带斑白鸽
储物堆觅谷
对我张望　眼神无辜
又飞到楼顶　等待
我下楼　拿了玉米粒
放在台阶上
蓝天　白云　和平鸽
美好家园

今早新闻
阿富汗一清真寺
遭自杀式爆炸袭击
死伤百余人

2018. 8. 4

夜百合

子夜
赴一个约会

毛毛细雨　拂面
好像蜘蛛丝
神农塔熄了灯
睡了
以塔为家的千鸟
想必也入梦
安安静静

苍穹寂寥
下弦月迟迟
金星独自在天
有些孤单
雨后夜来香
有些淡
风比昨日凉

我也许来得太早

而你　山高路长
正惆怅　抬头
你突然出现东方
初乳的黄
像天鹅的绒羽
又像定情的银梳

空中　一瓣夜百合
心相悦　焕发爱之光

2018. 8. 5

辛夷坞

长叹息——
突然发现
置身荒漠中
变成
一棵开花灌木
没有叶　花千手
月白色　发着光
正开将开未开
使劲儿开　花瓣舒展
美丽的眼睛　会说话
天那么高
云那么远
空中
没有一只飞鸟

2018. 8. 6

希望的田野

天上没有月亮
但有一只鹰在飞
夜来香闻不到芬芳
但清香木叶香胜椒花

东方红霞　是只火凤凰
扇动翅膀　惊动了太阳
苏醒的脸　又红又甜又柔软
捏捏　咬一咬　爱在我心荡漾

想和你一起　肩并肩
躺在这希望的田野
荷花香　水稻黄
天上白云　浪里个浪

2018. 8. 8

观音紫苏

立了秋　清晨
坐在园中
阳光浴我足
治愈感　小猫喵喵

听鸟儿歌唱
看云海茫茫
凤舞九天
晒一些观音紫苏

太阳高升了
抱着诗书
从东方走到西方
躺着　看燕子飞翔

2018. 8. 8

又见南山

黑羊白羊麻羊
红牛黄牛花牛
羊那么瘦
牛儿自在游

云雾　闪电　炸雷
骤雨暴狂
临窗是条弯弯的河
高大梧桐　风中招手

眺望南山　云雾
我愿意是高峰上
一头最美的牛
吃草　摇尾　抬首

你是我的牧者
天黑　我就会回吊脚楼

2018. 8. 10

高山红哨

我在 1760 米
高山红哨　站岗
你在山下　牧羊

我知道　你不会孤单
家中还有狗　鹅　鸭
你知道　我无比勇敢

南山云雾
我们各司其职
守护家园

2018. 8. 10

梦里山水

躺在白云边
泉水汩汩流淌
夜　山色深深

初秋虎啸
我终于来到
梦里南山
放牧我的牛羊

初夜梦沉
身临其境的
却是工大西街
朝夕相处的　家园

躺在白云边
高山茫茫雾海
晨　流水潺潺

2018. 8. 11

蜘蛛（又一首）

初一初二看不到月亮
月亮也要休养生息

黄昏　闪电惊雷　云手足无措
上弦月西天　柔弱　但镇定自若

趁太阳没醒　给狗捉跳蚤
转眼太阳就露了半张脸　软红

天际的云如海水和礁石一样
是海模仿了云　还是云学习了海

鸟鸣如潮　蛙鸣如潮
蛐蛐儿知了　日复一日　为什么

昨晚　一只大红蜘蛛
爬进梦乡　织网

2018. 8. 16

原鸡

大小麻鸡　三个月
长大了　两只公鸡
大的很小就开嗓
不分白天黑夜　打鸣

两只青年公麻鸡
是好兄弟　又是情敌
自由自在　形影不离
大的时不时啄殴小的

三年的黑母鸡
经常下蛋　又老又肥
大麻鸡啄着她头　跳上身
小麻鸡见状　跳上大麻鸡

光天化日之下
三只鸡　叠在一起
儿童不宜
我啼笑皆非

哪儿去寻　那绅士风度
英俊优雅的原鸡

2018. 8. 19

犬吠

一

傍晚　游戏时光
窗外孩子们嬉闹
高音　蟋蟀轻轻和唱
突然有个男孩大声哭
我多久没哭过了

二

秋晚
十二的月亮像枚蛋
我突然想去散步
于是我的灵　随风出发
躯　躺在水竹凉席上

三

“你怎么还不来睡我”
这句是模仿　千山万水
我对你想睡我　没有性趣
正如你对睡我　没有兴趣
我是一条鱼　湿漉漉

2018. 8. 22

狗，能不能啃鸡骨头

关于这个问题
风　燕窝和石头　争论了一宿
不亚于世界哲学大会
大咖们派发名片　创新观点

风说：我朋友泰迪吃鸡骨头
手术花了三千多
石头想起：奶奶吃鱼
手术花了姑姑一万多

无论是狗生还是人生
都须小心谨慎
什么不该吃　什么不该做
什么不该说　学猴

蟋蟀们没日没夜　热烈讨论
鸡肋　是个严肃的学术课题

2018. 8. 23

黄蜂的欲望

每天都有悲剧
处暑子夜
月亮被乌云劫持
天空黯淡无光

我想和云打个商量
无果　只有昏睡
一觉天明　没有太阳
要烦恼的事太多

一只黄蜂　窗外
扑棱着　想飞进来
而我立在窗前
想飞　却没有翅膀

2018. 8. 24

三叶窗

一　爱的印记

无论清晨还是黄昏
经过玫瑰月季和蔷薇身旁
她们总会借风　撩我一下
爪我以痕　齿我以刺
血痕　会结疤
尖刺　拔出来
爱的印记　渐渐变淡

二　筑巢

秋凉　楼上楼下
楼前楼后　都在装修
轰隆隆　嗞嗞呀　咚咚咚
燕双飞　我想起春天
堂前筑巢的小夫妻
多么素朴轻悄
多么恩爱优雅

三　半晴半雨天

微雨细雨点点滴滴雨
似晴非晴半阳半阴天
有风无风　似热非热
我望着窗外　灰扑扑云
想起慧慧的油画
青山绿水阳光
他着一青衫　微笑

2018. 8. 27

白牵牛

初秋的早晨
平淡清凉
天色气质高雅
娥月隐云
红日初升

洒水浇园
突然发现　围墙角
白牵牛　小朵花
开在荷叶旁　菊花边
纯洁　卑微　无声

默默如相思
单恋
这是怎样的哀婉
你听　蟋蟀抽泣不停
洁白的爱　不染尘

2018. 9. 5

怀孕的八哥

秋晨
没有骄阳
天薄而灰　绡纱
风撩起
阿柳的长发

三五只胖八哥
樟树下觅食
有一只怀孕了
你看她
步履蹒跚

2018. 9. 6

黑白电影

夜未醒
窗缄口
蟋蟀　吱吱吱
老式放映机
播放着　黑白电影

徐徐有风
楼外楼　无声
家家户户
梦中梦
街灯忪惺

喔喔　喔喔喔
公鸡报幕　新剧情

2018. 9. 7

淡定从容

浅紫的木槿
玫红的三角梅
各色月季娇美
苔菊长着雀斑
大蒜发了芽
桃树李树桂花树
轻轻曼舞
鸟醒了
蛙鸣蝉唱

秋色灰濛
晨风拂　赤足凉

2018. 9. 22

花 刺

幼鼠吱吱
引诱我进树丛
月季阻挠
抓破手背手臂

寒露将至
手干燥
黑色花刺
痛入食指拇指

室灯下
审视伤痕
那是爱意
叫我不要忘记

2018. 10. 7

白房子

寒露破晓
窗外一幢白房子

蛐蛐儿嘶鸣
小鸟儿梦呓

灰色天空
蛋蓝色云事

桂树拱手
叶静花未香

雾锁神农塔
鱼跃池塘

黑犬脚步嘀嗒
深秋在路上

天穹是座白房子
刷着水泥墙

2018. 10. 8

浴室的蟋蟀

吱吱吱
一只蟋蟀
洗脸池下歌唱
格外响亮

吱吱吱
它从哪里来
是什么模样
有什么梦想

吱吱吱
鼓着花翅膀
何时遇到敌手
如何等到佳娘

吱吱吱
寒冷潮湿
饥饿虚弱
孤独以终老

2018. 10. 16

情系纯溪

愿意是你
氤氲的天空
葱茏的树林
一截枯木
一片落叶
一颗石子
一粒细沙
一束清风

只要能歆享
你清脆的声音
纯净的颜容

2018. 10. 20

秋荷

秋雨蒙蒙
模糊窗的视野
灰云遮蔽天空

秋风瑟瑟
凌乱茅的白发
枫叶的脸绯红

秋菊含泪
敞开心扉
促织歌声渐微

秋荷俯仰
雀斑点点
在等待中枯萎

2018. 10. 21

今日黄花

猫头鹰咕咕
喜鹊喳喳
雎鸠关关

霜降前清晨
樟叶红
杏叶黄

雾茫茫　雨蒙蒙
我愿是　今日黄花
开在你心空

2018. 10. 22

采 菊

月玦天心
趁太阳未醒
采撷菊苞
朵朵沾露湿凉

指掐轻轻
唯恐菊茎疼
竹匾满满
朵朵含笑艳阳

风和香溢
你会不会怅惘
深秋的爱
来不及绽放

2018. 10. 31

归 巢

坐在树林中
你诉说　我倾听
光阴斑驳
喜鹊梢间

径边有棵小樟树
正对着我们
枝叶团卷
筑一个巢穴

与人为善
随时行藏
大自然会馈赠
爱的预言

2018. 10. 5

秋 柳

天这样蓝
瓦这样黄
阳光下
我愿意是
这一瀑翠柳
长发飘飘
依偎你身旁

岁月蹉跎
且肆意金秋

2018. 11. 13

你听，河水的声音

背上行囊
黑暗中踉跄
又踌躇
拍拍古树
对他说：
你听
河水的声音

树不说话
水兀自流淌

2018. 11. 13

塔与影

雨歇的初冬
夜晚没有星星
湖和楼宇
正要互道晚安
塔　顾盼自己的影

璀璨颀长
剔透娇颜
恍惚回首
你嗅梅模样
笑眼盈盈

这是远还是近
塔在岸上
影在水中
色与空
生活与梦境

2018. 11. 22

冬鹊群飞

入冬
燕雀成群
曼舞灵动
呼啦啦地飞

红红的朝阳前
淡淡的月亮下
晦涩的雾霭里
自由自在飞

似 鱼翔清池
蜂巡巢穴
思想的火花
惊心动魄地飞

大雪之前
飞翔 让我们温暖

2018. 12. 3

冬 菊

冬月
久雨初晴
少了些湿冷
趁天未黑
采些菊

朵朵丛丛
饱满娇盈
清香怡人
俯首时
空中依稀鸽哨

花颜如此美好
人间何所畏惧

2018. 12. 12

做鸡很好

“天地人和” 店前
有棵苦柚树
挂着两颗金柚子
熟透了　似坠未坠
树旁有个小池塘
异形
东南隅撑张网
一群待宰的鱼
天冷了
一动不动　相互取暖

塘堤边一畦黄菊
人朵人朵
草丛中或仰或卧
西南丝瓜架下
一群土鸡
有公有母
松弛翅膀侧躺

安逸地晒着太阳
我不由感叹：
做鸡，真好

哪管世界末日
趁冬阳　干土洗跳蚤

2018. 12. 14

一片秋叶

冬夜微雨
我突然想起
秋晨薄雾
那一片梧桐叶

风把她送到我足前
我俯身拾起
惊叹她的美丽
又不经意将她遗弃

曾经真心托付
你却不懂得珍惜

2018. 12. 20

踏雪采菊

在下一场雪
来临之前
轻轻将你采撷
不让你枝头凋零

朔风耳语：
她在这里　那里
你笑脸盈盈
馥郁香馨

深浅脚印　缓行
咔嚓咔嚓
不惊醒雪褥下
寒冰的梦

雪让天地很近
你我同心
遥味来年美酒
楼下儿童笑声

2018. 12. 31

后 记

天心月圆

距离第一本书出版，十年了。那一本是学术的，这一本是文学的，都是初恋。起初，后记拟题为《十朋之龟》，后来还是觉得《天心月圆》更合适，契合书名《好月亮》。序言，我请了湖南科技大学退休教授、八十四岁高龄的夏昭炎老师写就。他是我的硕士研究生导师。“见龙在田，利见大人。”我很幸运的是，求学生涯中遇见了几位好老师。

撰写后记的这几天正好是农历六月十五前后，连续天晴。半夜入睡前，月亮都来窗外看我，明眸善睐。

我一直热爱文学。高中时借阅了父亲单位图书室所有中外名著，寒暑假几乎每天读一本小说。也是从那时开始写现代诗，搞个小本子写小说大纲和片段。同学们给我起了一个绰号：“笔先生。”大学开始，我保存自己写下的文字。2006 年至 2007 年浙江大学博士后研究期间，我写了大量散文，也写了一些诗歌，用“锦瑟凤凰”的笔名发表在博客及媒体上，如有一个文学圈叫“天下一家”。后来十年，少有文学创作。机缘巧合，2017 年底，受微信文学圈启发，我重新创作诗歌，并建立了自己的公众号——“锦瑟凤凰”。2018 年达到高峰，创作了六百零四首。每天工作之余，除了读诗就是写诗。这次出版，选了 2018 年写就的三百六十五首。剔除了一些思想性、文学性差一些的；也割爱了一些，留给《诗说易经》（待出版）。而 2018 年之前和之后的诗，另行挑选结集出版，命名：《与天空约会》。

本诗集按题材内容分为四个部分：新时代、只有月亮不可辜负、月光下的女人、白房子，分别出自所写诗题。《新时代》：关于时间、空间、季节、月份、节气、存在感等的诗歌放入其中。春夏秋冬，日复一日，相同又不同，特别是二十四节气，体现了中国人对时间的感知与默契。恍兮惚兮，我对时空总有梦幻感，喜欢捕捉其中的点点滴滴。珍惜每一寸光阴，在平凡中体味不平凡，洞察其中深意。《只有月亮不可辜负》：写的是天空、太阳、月亮、星辰、风云、雷电、雨雪等。我喜欢仰望天空，觉得天上的一切都妙不可言。我特别钟情月亮，经常半夜三更去看月亮升起和落下，月有太极，阴晴圆缺。“简易、不易、变易”，月亮和我心意相通，是我灵感的源泉。《月光下的女人》：我个人情感和思想相关的诗歌选入其中。我爱这个世界，相信爱情，珍惜亲情、友情，忠实于自己的情感。我喜欢听故事，纳情入诗。我的情诗，写自己的体验，也可能写的是任何一个你的感情。我写即我思。我很孤独，诗让我充实。《白房子》：写的是花草树木、鸟雀虫兽等。我有一个园子，种了牡丹、月季、金银花、风车茉莉、菊花、荷花、三角梅、夜来香，等等。每天，家中花瓶里都有清晨采撷的鲜花对我微笑。我养了鸟、狗和乌龟，等等，它们都是我忠实的朋友。“天人地”三参，我和自然中的一切平等相处，对话、互存、共鸣。物我同一，我就是自然，自然就是我。我聆听，我感悟，我诉说，我为自然代言。

我尽量让我的诗歌明白如话，用最精确的字句来表达自己感觉和认知。我不写不明白的东西，眼耳鼻舌身意，只写生活和自然。我写真。我是一条小溪流，虽然清浅，但自在歌唱。月亮懂我；我想，你也懂我。

“知之者不如好之者，好之者不如乐之者。”懂得、喜欢、快乐；最重要的是快乐。“火在水上，未济；君子以慎辨物居方。”创作是我的事业。未来还有很多十年，诗歌永远在路上。

陈碧

2019. 7. 19